フラッシュバック

テリー・ヘリントン
進藤あつ子 訳

FLASHBACK
by Terri Herrington
Translation by Atsuko Shindo

mira

FLASHBACK

by Terri Herrington

Published by K.K. HarperCollins Japan, 2025

フラッシュバック

おもな登場人物

セアラ・ラインハート――写真家
マーカス・スティーブンズ――医者
カレン・アレン――セアラの双子の妹
ジミー・アレン――カレンの夫
ミック――広告代理店の制作ディレクター
ステラ・ブラウン――マーカスの大家
ジーン・フェア――マーカスの友人

プロローグ

行ってしまった。

今さっきまで彼女が座っていた場所を、マーカス・スティーヴンズは茫然《ぼうぜん》と見つめた。はかない希望を宿して見つめてきた瞳が、ためらいがちに触れてきた手が、彼がとうに忘れていた心の揺れを呼び覚ました。そして、彼女はするりとこの手を抜けて行ってしまった。空間の中へ……。

幽霊だったのだろうか。彼は自問した。まさか、ゆうべこの腕で抱いた女性が幽霊だったなんてことがあり得るだろうか？　幽霊が、まるで生涯ずっとぼくを探し求めていたみたいにこの腕の中で泣き、しがみついてくるなんて。しかも、あんなひどい熱を出して！

だが、幽霊でないとすればいったい何――いや、誰なのか。だいたい、どうしてここへ？

ゆうべ彼女がしきりに訴えていたことはどうだろう。カメラがどうとか、それがふたりの人生を交差させたとか……。

ばかばかしい。すべては彼女の幻想、出まかせだ。そんなことが実際にあるはずがない。おそらく彼女は、自虐的な思想に陥っているぼくを救おうとする神の恵みだったのだ。それとも、犯した罪に対するさらなる罰か。

どちらにせよ彼女はここにいて、そして、今はいない。また秘密がひとつ。この魂に、決して消し去ることのできないしみがまたひとつ。

それでも絶望の底にあっても、マーカスの心の闇《やみ》には一条の光が差し込んでいた。どこのブラックホールから来たにせよ、彼女はまた戻ってきてくれるかもしれない。どのみち、いずれすべてをはっきりさせるチャンスがめぐってくるような気がする。そのときこそ、ぼくが本当に気がおかしくなったのか、彼女が一瞬でも実在したのかが明白になるのだ。

マーカスは頭をたれ、ひざまずいて、神に祈りを捧《ささ》げた。神と向きあうとやましさを感じずにはいられなくなってずいぶんになるが、今もマーカスは恐怖と屈辱と恥ずかしさに打ち震えていた。罪を山ほど抱えて神に対さなければならないのはつらすぎる。そして罪のいくつかは、ひとりで背負うには重すぎた。

もし彼女が助けてくれたら……。本当にいたかどうかも怪しい女性にそんな期待をかけてみても、よけい孤独になるだけだった。ほんの数時間一緒にいただけで、彼女はマーカスの心をとらえ、彼の人生の何かを変えた。空気よりも必要な何かをもたらしてくれた。なのに、それが幻だなんて。

理由はわかっているだろう？　おまえが地獄に落ちたからだ。だから、いつ、どんな炎に焼かれようと、すべては自業自得。

でも、もしチャンスがあるなら……。

〝わたしはこの時代の人間じゃないの。時間をさかのぼってきたのよ。嘘《うそ》じゃないわ、マーカス。どうか信じて……〟

もしそれが高熱による彼女の幻覚でなかったら？　ぼくもおかしくなってなどいなかったら？

ひょっとしてそれが真実で、常識を超えた何かの力で彼女が本当にタイムトラベルしてきたのだとしたら？　そして、もしまた戻ってきてくれたとしたら？

それが不可能だとしたら？

たちまち不安が押し寄せ、彼は絶望のどん底に突き落とされた。いくら経験しても慣れないのが絶望だ。今回の傷からは、なかなか逃れられそうにない。

それほど心の奥まで、彼女は入り込んでしまったのだ。最も彼女を必要としている、いちばん深いところまで。そして彼はその場で、神の前で頭をたれ、ひざまずいて、いつまでも彼女を待つことを誓った。

必ず彼女を見つけます。たとえそれに一生を捧げることになるとしても。

1

また来たのね。

モデルを取り巻く群衆の中にひとりの老人の姿を認めたセアラ・ラインハートは、構えていたカメラをおろした。テレビや雑誌でおなじみのモデルたちが頭を振るたびにそのつややかな髪の揺れに見入り、彼女たちがしゃべったり笑ったりするたびにじっとその声に耳を傾けるファンの中にあって、その老人の関心だけはセアラに向いていた。

撮影現場で、カメラマンに見とれる物好きがいるかしら?

モデルたちより十センチは背が低く、髪はカールもしていなければ、業界一の美容師にセットしてもらってもいない。トップモデルなんかと比較されたら、わたしなんてちびで、痩《や》せっぽちで、まるで子供みたいなものでしょうに。

わたしは見とれられるようなタイプじゃないし、少なくともモデルのようではない。なのに、あの老人は見つめてくる。

じろじろ見られると、仕事に集中できなくなる。こんなことが、もう五、六回。やっぱりつけているのね。そう思うとぞっとした。しかも毎回だんだんそばに、態度もより大胆になってきて、このままでは最後にはいったい何をされるかと不安がつのる一方だ。

セアラは警備員に近づいた。「ねえ、ジョン、変なお爺《じい》さんがいるって言ったでしょう？　つけられてるような気がするって。あの人なの。ほら、あそこ」

目を走らせた警備員は、人込みにたちまち白髪頭を見つけ出した。弱々しげな体を。寂しげな目を。

その微妙な態度の変化から、自分の話をされていると向こうも気づいたことがわかった。明かされたくない秘密が明かされるときを待ち受けるかのように、ゆっくりと老人は背筋を伸ばす。

ジョンが言った。「ちょっと話してきましょう。いったい何を考えているんだか、きいてきますよ」

目はなおも老人に吸い寄せられたまま、セアラは警備員の袖《そで》を引っ張った。「手荒なことはしないでよ、別に悪いことはしていないんだから。ただ、わたしは知りたいだけなの。どうしてわたしを――」

「つけまわすのかね。わかってますよ。まあ、まかせてくださいって」

警備員は老人のところへと歩き出し、セアラはふうっと長いため息をついて、撮影を終わらせてしまおうとモデルたちのほうに向き直りかけた。が、必死に訴えかけてくるような老人の表情に気づくと、目を戻さずにはいられなかった。

〝ただ、話がしたいだけなんだ〟どこか遠くから声が聞こえてくる。〝ただ、この手できみを確かめたいだけなのに……〟

全身がぞっとした。それはセアラが双子の妹との間にだけ数回感じたことのあるテレパシーのような感覚だった。知らないはずのことがわかったり、感じるはずのないことを感じたり、聞こえるはずのないことが聞こえたり……。

じっとこちらを見つめたまま老人が後ずさりを始めたのを見ると、セアラはふいに、ジョンを止めなければという思いにかられた。撮影なんか放《ほう》り出しても自分で行かなければだめなのだ。老人が誘い込もうとしている未知の湖に飛び込んでみなければ。なのに、足がすくんで動けない。

その場に立ちつくしたまま、セアラはジョンが大声で老人を呼び止めるのを見守った。老人はセアラから目を離し、彼女を縛っていた不思議な力を解き放って背中を向けると、人込みを縫って走り出した。群衆がさっと両脇にどいて、道を空ける。

〝ひどいじゃないか、セアラ。こんなふうにはしたくなかったのに……〟

ふたたび耳の中でこだまする声に、セアラはまた金縛りにあったように動けなくなった。ジョンは止まれと大声を張りあげ、老人を追って走り出す。

通りでは車が、そこを目指す老人のことなど気にもとめずにびゅんびゅん飛ばしていた。

警備員を振り返りながら、つかまるまいと必死で足を速める老人。セアラは彼の目に、射すくめるような光を見た気がした。心のドアというドアを突き抜け、大きく開かせてしまうような情熱を。

一台の車が、飛ぶようなスピードで老人に向かってきた。すでに体力の限界にきていた老体は、とっさに避けられなかった。

セアラは絶叫した。骨と金属のぶつかる死の音。一部始終をセアラは見ていた。一瞬目をいっぱいに見開いた老人の顔がすぐに苦痛に歪《ゆが》み、体が宙に投げ出され、そしてほかの車がいっせいに急ブレーキをかける中、アスファルトの路面に物のように叩《たた》きつけられる。

セアラはカメラを落とし、群衆を押しわけ、通りに走り出た。

「救急車だ！」ジョンの叫び声がして、それから誰かが老人の手を取り、脈を探った。セアラはかたわらで生の証《あかし》を待ちながらも、何らかの希望を探りながらも、老人がすでに息絶えていることがわかっていた。

間もなく救急車が到着し、老人の遺体は静かに運び込まれた。その光景を見守りながら、セアラはとてつもなく大切なものを失ったような不思議な喪失感を噛《か》みしめた。必要としていたものを、どんどん大きくなる心の隙間《すきま》を埋めてくれるはずだったものを失ったような気がした。

見ず知らずの人間のためにどうしてこんなに涙があふれてくるのかわからないが、とにかくセアラは、説明しようのない悲しみに打ちひしがれた。とても撮影を続ける気にはなれず、モデルとスタッフを帰して自分も家に戻った。こんな気分のときには家以外に逃げ込む場所はなかった。

ベッドの上に丸くなって、セアラは泣いた。涙を流すのはもちろん初めてではないが、こんなにひどく泣いたことはなかった。

そしてその涙は、まともに会ったこともない老人のために流されているのだった。

何かをつかもうとしているのにつかめない。そんな夢に苦しめられながらうつらうつらしていたとき、電話のベルが鳴った。「もしもし」

「セアラ？　ジョンです」

髪をかきあげながら、セアラはうなずいた。「何かわかった？」

「名前はマーカス・スティーヴンズ、七十五歳。もと医者。葬儀は明日行われるそうです」

深い悲しみがセアラの胸にあふれてきた。これまでは顔しか知らなかった。それが、名前も年齢も職業もわかったのだ。「あそこで……あそこで何をしていたのかはわかった？」

「いいえ……。すみませんでした、あんな場面を見せることになってしまって」

セアラは慰めの言葉を探した。心配しないで。たまたまああなってしまっただけで、誰のせいでもないわ。そう言いたかったのに、何かが喉を締めつけて声が出ない。

「まさか自分を責めたりしていないでしょうね」

セアラは深い吐息をついた。「あの人がなぜわたしを見ていたのか、それさえわかればね」

「見て何がおかしいんです？」警備員は声を和らげた。「爺さんなりの恋心みたいなものを、きっと感じていたんでしょう」

「それなら、どうしてシンディーやベルじゃないの？　ほかにいくらでもモデルがいたじゃないの。なのにどうしてわたしを？」

「わたしにそんなことをきかないでくださいよ。おおかたのファンより、爺さんのほうが目が肥えてたってことです」

セアラはうっすらと笑みを浮かべた。「ありがとう、ジョン。優しいのね」

「どういたしまして。それじゃ、わたしはこれで。明日は行ったほうがいいですかね」

「連絡するわ」

受話器を置いて、セアラはまたベッドに寝転んだ。マーカス・スティーヴンズ……。ちっとも老人らしい名前じゃない。甘く、ロマンティックで、あの寂しげなブルーの瞳の奥で物事を深く感じることのできる人にぴったりの名前。

マーカス、あなたはいったいどんな人だったの？

ふたたび涙がこみあげ、いくら忘れようとしても、彼の体が道路に投げ出されたときの光景が何度も頭の中で渦巻いた。

〝ひどいじゃないか、セアラ。こんなふうにはしたくなかったのに……〟

あれは、潜在意識に呼びかけてきた彼の声だろうか。それとも理屈では説明のつかない、あまりに強烈なただの空想か。

「セアラ！」

玄関のあたりからいきなり聞こえてきた双子の妹の声に、セアラは飛びあがった。そして大声で呼び返した。「こっち。奥よ、カレン！」

寝室のドアが開き、カレンが顔を突き出した。「まあ。かなり気にしてたとは聞いてたけど、本当にまいっちゃってるのね」

セアラは起きあがり、三歳のときに負った眉の傷以外は自分とそっくりのカレンの顔から目を背けた。顔はそっくりでも、雰囲気はずいぶん違っている。カレンはダークブラウンの髪にパーマをかけていて、顔のまわりをふわふわとおおうウエーブが、生き生きしたいたずらっぽい彼女の目を引きたてている。一方セアラの髪は肩までのストレートで、もともと思いにふけったようなブルーの目に、さらにドラマティックな深みを添えている。

ふたりは幼いころ両親を交通事故で亡くし、伯父に育てられたのだが、その伯父がよく言ったものだ。優しくて感受性が強くて素直なのがカレン。セアラは想像力豊かで情熱的で現状に満足することを知らない、と。

「別にまいってなんかいないわ」セアラは鏡台の前に座って、マスカラのにじみを拭《ぬぐ》った。「ただ、目の前で人が死ぬのを見たら、誰だって少しは落ち込むでしょう？　まして、その原因が自分にあったら」

「またそんなこと言って。シンディーに聞いたわよ、セアラは自分を責めてるって」カレンはモデルの名前を持ち出した。シンディーとカレンは大学時代からの友人だ。「でも、わたしはちっとも驚かないけどね。何かあると、すぐ自分と関係があると思うんだもの。あなたの悪い癖よ」

セアラは妹を振り返った。「あの人はわたしをつけてたのよ。わたしを見てたの。でもそれだけで、何も悪いことはしていない。なのにわたしは、ジョンを差し向けたのよ。わたしがあんなことさえしなければ、あの人は通りに飛び出すこともなかった！」

カレンは姉の隣に来て、肩に手をまわした。「それがあの人の運命だったのよ。あなたが自分を責めるのはおかしいわ。人の運命というのは、他人が決めることも、変えることもできないものでしょう？」

鏡の前で頭を寄せあいながら、セアラは自分と妹の顔をじっと見つめた。「それを聞いても、気持ちは楽にならないわ」

「そう……」

「わたしね、お葬式に行こうと思ってるの」

カレンは眉間《みけん》に皺《しわ》を寄せた。「思いとどまってもらえる方法はあるかしら?」

「残念ながら無理ね。どうしても行かなきゃ」

「だったらわたしも行く」

セアラは苦笑した。「土曜の午後に? カレン、見ず知らずのお爺さんのお葬式に行くより、新婚さんにはほかに楽しいことがいくらでもあるでしょう?」

「あなたこそそうだわ」

セアラは妹の手をほどき、ベッドに戻った。「いいえ、これは本当にわたしの問題なのよ。お葬式に行かないわけにはいかないし、それにひとりで行きたいの」

カレンは鏡台に寄りかかり、姉がベッドを整える姿を見守った。「あなたのことを思って言ってるのよ、わかるでしょう?」

「ええ、わかるわ。でも心配しないで、大丈夫だから。お葬式だけ行かせて」

カレンは考え、やがて諦《あきら》めたようにため息をついた。「しかたがないわね、何を言ってもむだみたいだから。本当に大丈夫なのね?」

「全然心配ないわ。さあ、早く旦那《だんな》さまのもとへ帰って。わたしだったら、彼みたいな人が家で待っててくれるなら、あなたのまわりをうろついてわざわざ心配の種を探すようなまねは絶対しないわね」

「わかったわよ。でも、何かあったら必ず電話してよ」部屋を出ていく前に、カレンは投げキスを送った。

ふたりが二歳のころからずっとそうしているように、セアラはそれを手でつかんだふりをし、丸めた手を大事そうに胸に押しあて、そしてもう一方の手でキスを投げ返した。

カレンも笑いながらそれを受け止め、部屋を出ていった。「おかしな気分になったら、電話ちょうだい」

「あなたに言わせれば、わたしはいつだっておかしいけどね」

「ほんと。それじゃ、ふだん以上におかしくなったら電話ちょうだい」

カレンが去ったあと、セアラは事故後初めて笑った。

2

マーカス・スティーヴンズの葬儀には、ほんのひと握りの人しか参列していなかった。言葉の乏しさからすると、牧師は弔う人物を知らずに祈りを捧《ささ》げているらしい。柩《ひつぎ》はいちばん簡素なもの、花束もふたつだけ。そのうちひとつは、セアラが供えたものだった。

葬儀の間、悲しみを隠そうともせずに泣きじゃくるぽっちゃりとした小柄な年配の女性に、セアラの視線は何度となく引きつけられた。小さな人の輪の中で、ただひとり涙を流している人間だった。そして葬儀が終わると、みんな彼女がたったひとりの身内であるかのように順に静かに言葉をかけ、そっと抱擁を交わして、それぞれの車に戻っていった。

誰もいなくなるのを待ってから、セアラはゆっくりその女性に近づいた。「あ、あの……このたびは本当に……。セアラ・ラインハートと申します」

名前に覚えはなくとも、その女性は両手を広げ、セアラを抱きしめた。「ステラ・ブラウンです。十七年間、マーカスの大家でした」強いアイルランド訛《なまり》があった。「あなたはご親戚《しんせき》? 遺品を引き取りに来てくれる人がいなくてね。かわいそうに、あの人、身内がいないらしくて」

ステラの期待に満ちた目を見て、セアラの心にある考えが浮かんだ。彼がどんな人物だったのか、なぜセアラの後を追っていたのか、多くの手がかりをつかむ絶好のチャンスだと思うと、気持ちはさらに固まった。ふいに、絶対に逃してはならない機会のような気がした。

「マーカスはわたしの大叔父にあたるんですが……ただ、一度も会ったことはなくて」

「まあ、なんて気の毒な。あなた、本当に惜しいことをしましたよ」ステラはまたハンカチで目頭を押さえた。「大叔父さんは、それは心のきれいな、すばらしい人でね。でも、それを知っていた人は多くはないの。人づきあいを避けてたから」大家はセアラの腕を取り、小さな自分の車へと導いた。「一緒にいらっしゃいな。大叔父さんの話を、わたしがみんなしてあげるわ。ふたりきりのお通夜みたいなものよ。あの人もきっと喜ぶわ、ええ、そうですとも」

やましさがセアラの中で身をもたげ始めていた。けれど、この誘いに背を向けることはできなかった。「ありがとうございます。何でも、ぜひ聞かせてください」

三十分後、ふたりは古い大きな家の、マーカスが間借りしていたという部屋にいた。セアラは敬虔《けいけん》なおももちで部屋の中を見て歩き、一方ステラは彼の持ち物を箱にまとめていた。「あなたが持っていてくれたら、マーカスもさぞうれしいでしょうよ」と、大家は鼻をすすった。

壁の鳩《はと》時計が三時を知らせる。と、小さな扉が開いて、中からオランダの女の子の人形が出てきて、くるくると踊りながら一周した。

ステラはそれを見上げ、またしても目を潤ませた。「あれもあの人のだったわね。でも……どうかしら、もしよかったら、あれだけはここに置いておくわけにはいかない？　こんな古い家で、あの時計の音までしなくなったらあんまり寂しくてね」

「もちろんそうしてください。大家さん、わたしは別に何もいただかなくたってかまわないんです。そんな権利もありません。ただ、大叔父について知りたいだけで。大家さんこそ大叔父のことをよくご存じなんですもの、ですから――」

「だめですよ。遺品は持って帰ってもらわないと。そして、あの人のことを知ってちょうだい。それだけりっぱな人だったんだから」ステラはベッドに腰かけ、セアラの頬に手を伸ばした。「マーカスと一度も会えなかったなんて、本当に残念ねえ。あなたなら、あの寂しい心にきっと光をともせたでしょうに」

「寂しい？　どうしてです？」

ステラは肩をすくめた。「もうとっくの昔に、詮索《せんさく》する気もうせましたよ。でもね、わたしはこう思ってるの。あの人は医者だったでしょう？　それも、とっても評判のいい医者だった。なのに、あの朝鮮戦争がねえ……」

「彼は行ったんですか？　医者として？」

「そう。陸軍の移動……」

「移動野戦病院部隊《マッシュ》？」

「そうそう、マッシュ。そこで二年務めて、帰ってきたときはまるで別人のようになってしまってたわ。患者はまったく診なくなって、研究ばかりしてね。いつも研究室にこもりきりよ。そこへ、女性の登場」

「女性？」

大家は共謀者めかした笑みを浮かべ、セアラに顔を近づけた。「生涯でたったひとりの女性。もう四十年以上も前の話だけれどね。だけど、人には言えない恋だった。わたしの勘じゃ、たぶん人妻ね、どうしても別れなくてはならなかったんだから。でもね、かわいそうにマーカスは、別れたあとも忘れることができなかったのよ。死んだ日まで、その人のことを愛し続けていたんじゃないかしら。でも、まさか……」

「まさか？」

「いいえ、何だかわたしにはね、マーカスがその人のことを、四十年たってもまだ待っているような気がしてならなかったのよ。いつか自分のもとに帰ってきてくれるって信じているみたいな……。ああ、いったいどんな女がそこまで一途《いちず》に愛してもらえるのかしらねえ。

それがわかったら、魂を売り渡したって惜しくないわ」

「きっと、すばらしい女性だったんでしょうね」

「そうでしょうとも」ステラは立ちあがり、マーカスが十七年間暮らした小ぎれいな部屋をぐるりと見渡した。「ここも寂しくなるけど、何だかわたしは心からは悲しめない気がして。だってあの人は、ここにいたときよりきっと幸せでしょうからね。ひょっとすると、ようやくほっとしているのかもしれないわ」

セアラが家へ車を走らせるころには、ぽっかりと口を開いた空から滝のように雨が降りつけ、彼女の心にもそれとぴったりの悲しみの嵐雲《あらしぐも》が、理屈を超えて重くのしかかっていた。ステラの言葉が何度も頭の中で渦巻いた。〝あの人は、ようやくほっとしているのかもしれないわ〟

だったら、どうしてわたしはこんなに惨めなのだろう。見ず知らずの老人の死に、どうしてこんなにいつまでも悩まされ続けなければいけないの？

家に着き、砂利敷きの車寄せに車を入れた。一年前に購入した築百年の古い家に、彼女はひとりで住んでいた。

暗室に改造したお気に入りの部屋へ遺品の箱を持っていき、床に座り込んでさっそく箱の中からセピア色の写真を取り出した。陸軍の軍服に身を固めた男の写真。彼だ。おそらく四十年以上も前に撮られたものだろう。

セアラはスタンドの紐《ひも》に手を伸ばして明かりをつけ、じっくり写真を眺めた。印象的な風貌《ふうぼう》だが、いわゆるハンサムというのとは違う。強く、威厳のある顔で、目には自信とユーモアがうかがえる。ステラの言っていた寂しいイメージとはずいぶん違う印象だ。おそらく、戦争以前に撮られたものだろう。そして、例の女性が彼の人生に登場する前の。

箱をまた探ると、聖書やアインシュタインの本や小説の間にはさまって、額入りの、黄ばんだチューレイン大学医学部の卒業証書が出てきた。

玄関のドアが開く音がした。そして、妹の声が呼ぶ。「セアラ！」

「こっちよ。暗室！」

セアラが叫び返すや、もうドアが開いて、カレンが顔を突き出した。雨に濡《ぬ》れた上着を、そうすれば早く乾くとでもいうように体から浮かせている。「元気にしてるかどうか、念のため確かめに寄ってみたの。どうだった、お葬式？」

セアラは床から立ちあがろうとはしなかった。「普通よ。彼の大家さんていう人に会ってね」箱から腕時計を取り出した。古びて、壊れかかっている。変色してしまったカフスボタン。櫛《くし》。

「それで？」

「それで、何？」

「満足したの？　もう忘れる気になった？」

セアラは顔をあげた。「ステラがね、彼の遺品をくれたの」

「誰よ、ステラって？」

「だから、彼の大家さん」セアラは櫛についていた白髪をつまみあげ、じっと見つめた。

「あの人、天涯孤独だったんですって。寂しいわね、まったく誰もいないのよ。それで大家さんがね、これを持っていっていいって」

ぴかっと稲妻が光り、雷鳴が家を揺らした。カレンはゆっくりとセアラの隣にしゃがみ込んだ。「ねえ、わたし、こういうのってあまり健康的じゃないと思うわ。いつまでもかかずりあってちゃだめよ」遺品の箱にカレンの手が伸びる。「ほら、わたしが始末するから」

「やめて！」セアラはさっとその手から箱を遠ざけた。「わたしにはこれが必要なの」例のわけのわからない感情がまた喉に突きあげてきて、セアラは唇を震わせた。「わかってもらえないとは思うわ。でも、ただの好奇心じゃないのよ。あの人については、知れることは知らなきゃ。だって、わたしのせいであんなことになったんですもの」

「あなたのせいじゃないわ。自業自得よ。こそこそ女の後をつけまわしたりするからいけないんじゃないの」

「だからって死ななくちゃいけないことはないわ」吐き捨てるようにセアラは言った。

「セアラ、こっちこそ犠牲者になってたかもしれないのよ。だって変じゃない、何のために後をつけまわしたりしたの？　でもあなたも、カウンセリングか何か受けたほうがいいかもしれないわね。まずはその罪の意識と向かいあって、それから少しずつ……」

精神科医がどうとか、十二段階プログラムだとか、他人依存症だとか、カレンがぺらぺらとまくしたてる間、セアラはさらに箱から遺品を取り出した。剃刀《かみそり》に歯ブラシ。フルーツガム。写真をまとめたとおぼしき封筒。

封を開けて、中身を確かめてみた。そしていちばん上の写真を目にした瞬間、カレンの声も何も聞こえなくなった。女性がマーカスと腕を組み、並んで立っている。その女性の顔は……。

「セアラ、ちゃんと聞いてよ。そういう妄想は……」セアラの顔にただならぬものを感じたカレンは、言葉をのみ込んだ。「どうかしたの？」

セアラは口もきけなくて、ただ、そのぼろぼろの写真を妹に突きつけた。

カレンは、無意識のうちにまず男の顔を眺めた。そして女性のほうを見、姉に視線を戻した。「何だ、これセアラの写真じゃない。いつ撮ったの？　それに、誰よ、この男の人？」

「マーカス・スティーヴンズ。でも、女性のほうはわたしじゃないわ」セアラは写真を取り戻し、じっと見つめ、それからさっきの、マーカスひとりの写真と見比べた。「この写真は、わたしたちが生まれる少なくとも十五年前に撮ったものよ」

「まさか」カレンはセアラににじり寄り、肩の後ろから写真をのぞき込んだ。「どうしてそんなことがわかるの？」

「一九五〇年代の写真だもの。だってほら、こっちの写真と、彼、同じくらいの年齢でしょ。ね？」

カレンは軍服姿のマーカスの写真をじっくり眺めた。「ほんと……。いやだ、気持ちが悪い。だってこの人、髪形まであなたにそっくりよ。着ているものも。こういうセーター、持ってたでしょう？　いつも古着屋でばっかり買うから、あなたはいまっぽくなれないのよ」

「確かにね。でも、とにかくこれはわたしじゃないわ。こんな偶然って初めてよ」

カレンはもう一度写真を眺め、次に口をきいたときの声はぐっと低くなっていた。「でも、本当にそっくり」

「誰か、血のつながった人じゃないかしら。誰の可能性があると思う？」

「わたしたちの顔はお母さんの系統じゃないし、お父さんには女のきょうだいも従姉妹《いとこ》もいないわ」

「でも、とにかくこれでひとつはわかったわけよね」静かにセアラは言った。

「わかったって？」

「あの人がわたしを見てた理由よ。何年も前に大恋愛をしたって大家さんが言ってたの。もし、この人が相手で、しかもわたしとこんなに似てるなら、後をつけた理由はそれしかないでしょう」

「まあ、何だかかわいそうな話ね。セアラがその彼女のこと、きっと思い出させちゃったのね」

〝ただ、話がしたいだけなんだ。この手できみを確かめたいだけなのに……〟

あのとき確かに聞こえた声が心にまたよみがえり、セアラは目を潤ませた。「なのにわたしときたら、あんな、警備員なんかを差し向けて。たいした理由もないのに」

「でも、あなたに迷惑をかける気じゃなかったのなら、どうして逃げたりなんかしたのかしら」

「それはね」考えるより先に言葉が口をついて出た。「わたしたちの出会いをあんな形にしたくなかったからよ。警備員に尋問されたり、わたしもうさん臭そうな顔をしてたし……」

「そうかしら。どうしてそんなにはっきり言えるの？」

「ただ、わかるの」セアラはカレンと向きあい、じっと目を見つめた。「わたしたちも、お互いのことがわかることってあるでしょう？　たとえばほら、小学校二年のときにあなたがけがをしたとき、わたしは学校のまったく反対側にいたのに、教室を飛び出してあなたを捜しに行ったじゃない。そういうふうに、ただ、わかるのよ」

カレンはほほ笑んだ。「あと、あなたが初めてキスされたときとかね。あなたが帰ってくる前から、わたしはイーディス伯母さんに報告してたわ」

「ジミーがプロポーズしたときだってそうよ。指輪を見せられる前から、わたしにはちゃんとわかってたわ」セアラはため息をつき、何としてでもカレンにわかってほしくて身を乗り出した。「マーカスのこともね、そういうふうにわかるの。同じ感覚だったのよ。彼の声を聞いたの」

カレンは疑わしげな視線を返した。「わたしたちは双子だから。そういうことって双子の間ではちっとも珍しいことじゃないけど、今回はあなたもちょっと考えすぎね。だって、一度も会ったことのないお爺《じい》さんと、そんなふうにわかりあえるはずがないじゃない」

セアラの目は力なく虚空をさまよい、そうして再度、通りに走り出していったあの老人の姿を見ていた。肩越しに必死にセアラを振り返り、まるでセアラが、彼の人生にとって必要不可欠な人間であるかのように見つめていた……。

セアラは小声で言った。「自分がどう感じたかは、自分がいちばんよく知ってるわ」

「ええ、そうよね。そしてわたしも、自分がどう感じるかよくわかってる」カレンは、セアラが広げた遺品を箱に戻し始めた。「この件はもうおしまいにすべきだと思うの。これ、持って帰りますからね」

　セアラはあわてて手を伸ばしたが、さっとカレンは箱を遠ざけた。

「いいこと、セアラ。知るべきことはもう知ったでしょう？　あのお爺さんは、昔の恋人だか何だかにそっくりだからあなたのことを追いかけていた。それでおしまいよ。いつまでもくよくよ自分を責めたり、想像を飛躍させてとんでもないことを考えたりなんてこと、あなたにさせておくわけにはいかないわ。忘れなくちゃ」

「忘れるわよ。でも、それは持っていかせないわ。いるんだもの」セアラはぐいっと遺品の箱を取り戻し、カレンの手の届かないところに移した。

「セアラ、どうかしてるわよ。わざわざ落ち込みたいの？」

「わたしはただ、自分の考えを尊重してほしいだけ。わたしなりに解決するから放《ほう》っておいて」

　カレンは両手をあげ、立ちあがった。「わかったわよ、もう心配しないわ。これからはわたしも、自分のことだけ考えさせてもらいますからね」

　セアラはにやりと笑った。「あなたが自分のことだけをね」

「そうよ。まあ、あなたは、この次わたしが落ち込むときまで待ってて。そのときに首を突っ込まずにいられるか……」

「新婚さんが落ち込むもんですか、そんなに幸せそうにしてて。本当にうんざりしちゃう。あなたがそんなだから、わたしがふたり分滅入《めい》らなくちゃいけないんじゃない？」

カレンは声をたてて笑った。「やきもちやき屋さんが何か言ったかしら?」

「やいてるんじゃなくて、うらやましいのよ。わたしもミスター・パーフェクトに出会いたいの。なのにわたしがデートする相手ときたら、刑務所帰りだったり、別れた妻が群れをなしてたり、秘密のボーイフレンドがいたり、蓋《ふた》を開けてみるととんでもない人ばっかりなんだもの」

「だからこの写真の人をミスター・パーフェクトに仕立てて、知りもしないその男に取り憑《つ》かれようというわけ?」

セアラはいらだちで声がとがるのを抑えながら言った。「いいえ、カレン。取り憑かれたりはしないわ。それほど暇じゃないもの。ただね、興味があるの、それだけ」ぽつんと膝に水がたれてきて、天井を見上げると丸いしみが広がっていた。「いやだわ、また雨漏りしてる」

「ジミーに修理を頼む?」

セアラは苦笑した。「そうね、小姑《こじゅうと》の家の屋根の修理に通うくらい楽しいことはないものね」

「ジミーはそんなふうには思わないわ。本当よ。彼だってあなたのことは気遣ってるんだし」

「いいのよ、人を雇う余裕くらいあるから。ただ、雨が降らないと忘れちゃってね」セアラは立ちあがって天井の湿り具合を確かめた。「天井がだめになる前に、屋根裏部屋にバケツを置いてきたほうがいいみたいだわ」

「それじゃ、わたしは帰るわね。こんなお天気でジミーが心配してるといけないから。また川が氾濫《はんらん》して、橋を渡れなくなっちゃうかもしれないわ」カレンは姉の腕を取った。

「ねえ、あの人の遺品、やっぱり持って帰っちゃだめ？」

「だめ。それに、よけいな心配もやめて。わたしほど精神的にしっかりした人間はいないんだから」

「そうよね。そうでなきゃ、こんなお墓みたいな家で、文明の利器をかたくなに拒んで暮らすことなんかできるはずないもの」

「電子レンジやテレビを置かないからって、変わり者呼ばわりしないでよ。それに、わたしはこの家が大好きなの。あなたもそのうちきっと好きになるわ」

「薄紫色のカーペットを敷いて、何か明るい色の壁紙を貼《は》って、キッチンを改造すればきっとね」

「本物のままがいちばんよ。まったく、双子でここまで趣味が違うなんてね」セアラは戸棚からバケツを取り出して、妹を部屋の外へとうながした。

玄関でカレンは振り返った。「ジミーに修理を頼みたくなったら電話してね。あるいは、もうひとつのほうの件でも」

階段を上りながら、セアラはさよならと手を振った。

屋根裏部屋は真っ暗だった。階段のてっぺんのスイッチを入れると、埃《ほこり》をかぶった裸電球がぽっとともる。せいぜい寝室ひとつ分くらいの小さな屋根裏部屋だが、ここにはこの家の代々の所有者たちが置いていったがらくたがたくさんあった。

でも、宝探しはまたいつかゆっくりすることにして、今はこの雨漏りね。

漏っているのは一箇所だけではなさそうだったが、とりあえず、暗室の天井を漏らしている元は見つかった。水たまりができて、そばにある段ボール箱もぐっしょり水を吸っている。蓋を破りながらもようやくそれをどかしてバケツを置き、雨水をきちんと受け止めることを確認してから、今度は何か拭《ふ》くものはないかとあたりを見まわした。

アームチェアにかけてある黄ばんだシーツが目についた。わざわざ保管するために椅子を屋根裏部屋まで運びあげるとも考えにくいので、誰かが本当にここでこの椅子を使っていたのだろうが、こんな家じゅうでいちばん惨めな場所にアームチェアを置くなんて、よほど物好きな人だったのだろう。セアラはそう思う反面、屋根を打つ雨音に耳を傾けていると、その気持ちがまんざらわからないでもなかった。

椅子からシーツをはがし、濡れた床を拭いた。そのあとで改めて椅子を見ると、ところどころ破れて詰め物がはみ出し、色も褪《あ》せて、この明かりのもとではもともと何色だったのかもわからないほどだが、それでも座ってみたいと感じさせるような椅子だった。年季の入ったかび臭ささえなければ、だけれど。

セアラはさっきの濡れた段ボール箱に関心を戻した。中をのぞくと、まずはダイヤル式の古い黒い電話機――これ、使えるかしら？　その下に古いトースター、そのまた下にカメラがあった。

みんな取り出して湿気を拭《ぬぐ》い、そしてカメラを点検した。カメラというよりは大きな黒い箱といった雰囲気で、現代を生きるセアラの好みからいくとかさばるし、時代遅れだし、使いものにはなりそうにないのだが、それでもどこか惹《ひ》かれるものがあった。ファインダーをのぞいてみると、どんな写真が撮れるのだろう、と興味がわいてきた。フィルムの調達は難しいかもしれない。でも、もし注文できたら、きっとおもしろい実験になるだろう。

セアラはカメラを持って立ちあがり、下におりた。ほかの雨漏り用に、もうひとつあるバケツとボウルを何個か取ってこようと思っていたのだが、それよりも先に業者のカタログを引っ張り出して、古いカメラ用のフィルムを探してページをめくっていた。

今でもフィルムは入手可能だった。月曜日の朝いちばんに注文しよう。セアラはデスクの上に忘れないようにページを開いたままカタログをのせた。ひょっとすると、レトロっぽい写真が気に入るお客さんもいるかもしれないし。

セアラはつねに、昔の人の目で物事を見たいと願ってきた。今の時代に出せない答えは過去にさかのぼればわかるかもしれない、というのがセアラの理屈で、それが古いものを愛してきた理由でもある。この家しかり、この家のために自分で選んだアンティークの家具しかり。

洋服の好みさえアンティーク調で、カレンに言わせればセアラには珍妙な格好をする傾向があった。フォーマルな場に、段々にフリンジのたくさんついたフラッパー・ドレスを着ていったり、肩紐のないトップスにウエストからぱっとスカートの広がったドレスを着てみたり、女の子らしい小さな襟のついたふんわりとしたセーターを着てみたりといった具合だ。

要するに、昔のほうが何かもっとシンプルで、それでいて完璧《かんぺき》だったような気がして、セアラはつねに過去に憧《あこが》れていた。だから、マーカス・スティーヴンズにもこんなに惹かれてしまうのかもしれないと自分でも思う。だから忘れてしまうことができないのかもしれない、と。

雨漏りの応急処置が終わると、またも彼の遺品に呼び寄せられるように暗室に戻り、床に座り込んで、箱の中の写真を全部集めてみた。〝ヒューストンか破滅か〟――決死の覚悟の書かれた古いシボレーの前に仲間数人と立つ若いマーカス。また、ユニフォーム姿でトロフィー片手に写っている大学陸上大会の写真もある。

その笑顔にセアラもほほ笑んだ。何の心配事もなさそうな、若さゆえの開放的な笑顔。女の子に追いかけられたりしなかっただろうかと、ふと思ったりもする。女性からは決して誘いをかけなかったお堅い時代とはいえ、大学じゅうの憧れの的だったのでは？

彼女はつぎつぎに写真を見ていった。一枚一枚の表情や笑顔に、どんどん引き込まれた。卒業式の写真。帽子をかぶり、ガウンをまとってチューレイン大学医学部の卒業証書を持つ彼の姿には、自信がみなぎっていた。彼には何かがあった。自信にあふれた物腰からくるのか、あるいは油断のなさそうな目つきがそう思わせるのか、とにかくよく見れば見るほど魅力的な人だとセアラは思った。もっと前に出会えていたらと思わせるような。

軍隊に入ってからの写真もあった。短く刈ったばかりの髪に軍服姿で、同じ部隊の人たちと撮ったもの。また、戦地で撮ったにちがいない写真も数枚ある。移動野戦病院の前で、医師や看護師、看護兵たちとともにマーカスは写っていた。けれど彼の目には、笑みの代わりに、心の底からしみ出たような疲労が浮かんでいた。

〝戦争がすっかりマーカスを変えてしまったのよ〟

ステラの言葉がよみがえった。いったい彼は、戦場でどんな体験をしたというのだろう。医学の道をそっくり断念しなければいけないほどの、彼の瞳から完全に笑みを奪い去ってしまうほどの、体験とは……。

最後の一枚は家の前で撮った写真だった。たった今交渉がまとまりましたというふうに、〝売家〟の看板を逆さに持って立っている。顔は笑っていた。戦争に行く前の写真だろうか、あとの写真だろうか。表情をつぶさに眺めると、陰りのない幸せそうな目が、出征前の写真であることを伝えてきた。

背景の家にセアラは目を移した。彼の真後ろにある家と、その両隣。すると、何だか引っかかるものを感じた。奇妙な懐かしさというか、薄気味の悪さというか……。

ちょっと、待って。この家、うちとそっくりだわ！

セアラはあわてて仕事机の拡大鏡をつかんだ。スタンドをつけ、明かりのもとでじっくり家の様子を眺める。窓はまったく同じだ。三つの屋根窓も、家の正面の縦長の楕円形《だえんけい》の窓も——これは当時にしては珍しかったはずだ。

何か直感的に感じるものがあった。玄関の重そうな扉。そこまでの数段のステップ。ポーチの柱。ポーチを囲む手すり。前庭右側のマグノリアの大木。

やっぱりこの家だわ。

目に見えないパンチに打ちのめされたような気がして、今度はあわててそれを打ち消す材料を探した。そもそも両脇の家は違うんだし……。

けれど、両隣は二軒とも、今の持ち主が買ったときに古い家を壊して建て直している。セアラの家がこの一角ではいちばん古いのだ。そして、手を加えてはいるものの、やはり写真の家とそっくりにしか見えない。

こんなことって……。

セアラは発見の重みに息苦しささえ覚えながら写真をポケットに突っ込み、裏庭に出た。

雨はすでにあがって、ふたたび顔を出した太陽が東の空にうっすらと虹《にじ》を映し出している。自転車にまたがり、車寄せを突っきって、彼女は通りに飛び出した。体を動かすことによって頭の混乱を吹き飛ばそうとするかのように、精いっぱいペダルをこいでいく。

雨あがりの道はきらきら輝き、蒸気が立ちのぼっていた。すぐそばのガソリンスタンド兼コンビニエンスストアのブリキの屋根に太陽が反射して眩《まぶ》しいくらいだ。ガソリンポンプをおおう長い軒からはぽたぽた水滴がたれている。その前を通過し、彼女の自転車は丘に駆けあがった。

高台の右側に立ち並ぶアパート群の狭間《はざま》で、子供たちが泥んこ遊びをしている。左側は、セアラがつねづねその歴史を調べたいと思いながらもまだ実行できずにいる、古い荒れ果てた教会。傷み放題の建物には板囲いがされ、ただ取り壊されるときを待っている。駐車場か、ファーストフードのレストランか、ガソリンスタンドか、そんなものを作るために、更地にされるときだけを待っているのだ。

やがて前方に橋が見えてきて、その下を、水かさを増したドーン川がうねるように流れていく。セアラは橋を渡り、妹の家へとさらにペダルをこいだ。

カレンとジミーはポーチのぶらんこに寄り添うように座って、過ぎゆく午後を見つめていた。セアラはほほ笑んだ。カレンが心のぴったり通いあう人を見つけて、そしてあんなに幸せそうにしているのを見ると心が和んだ。うらやましくないといえば嘘《うそ》になるけれど。

だって、どうしてわたしには、そういう人が見つからないのだろう。

　セアラがつきあってきた男たちは誰も、身を託そうという気持ちにはさせてくれなかった。すると今度はだんだん、自分のほうに欠陥があるのではないかという気になってくる。カレンがジミーを愛するように、人を激しく深く愛することなんて、もともとわたしにはできないのではないだろうか、と。

「やっぱり、ぼくに屋根の修理をやらせたくなったんでしょう?」自転車を降り、ポーチにあがってきた義理の姉に、ジミーはからかうような口調で言った。

「はずれ。あの雨漏りをひとつ残らずバケツとボウルに受け止めるのって、すごくやりがいのある仕事なのよ。雨漏りもしない屋根なんてつまらなくて」

　カレンが口をはさんだ。「そんなこと言ってないで、ちゃんと直さなきゃだめよ。安い家じゃないんだから」

「わかってるわよ。今週中に見積もりを頼むつもり、時間が空きしだいね。だって〈リズ・クレイボーン〉の撮影も早く終わらせないといけないし、それが終わったら、新しい〈スピーゲル〉のカタログにも取りかからないといけないのよ。でも、何とか都合をつけるから」

「例のお爺さんの件をすっぱり忘れてしまえば、もうちょっと時間の余裕もできるんでしょうけどね」

セアラはポケットからさっきの写真を取り出し、もう一度確認し、そしてふたりのぶらんこの向かいのロッキングチェアに腰かけた。「実はね、これを見てもらおうと思って来たの」

カレンに写真を渡すと、ジミーも肩越しにのぞき込んだ。「この人が例の交通事故の？」

「ええ」セアラは答えた。「その写真は五〇年代か、あるいはもう少し前のものだと思うの。ねえ、家を見て」

カレンが顔をあげた。「あなたの家に似てるわ」

「うちよ」

カレンは片方の眉をつりあげた。セアラには決してまねのできない芸当だ。「また始まった。あなたの家じゃないわよ。だって、お隣が違うじゃない」

「両隣は最近建て直したんだもの、あなただって知ってるくせに。見て、その窓、ドア。マグノリアの大木だってちゃんとあるわ」

カレンはぽんと写真を放って返した。「偶然よ」

セアラは唇を引き結び、義理の弟に向き直った。「ねえ、ジミー、あなたならわかるでしょう？　カレンに言ってやって」

「確かに似てますよね。でも、あの家も特別珍しいわけじゃないし、たまたま似てるだけじゃないですか？　だって同じ家だったら、あんまり気味が悪いじゃないですか」

セアラは椅子の背に寄りかかって、重い息を吐き出した。「この件に関しては気味の悪いことばっかりよ。カレン、写真に写ってた女の人のことは、ジミーに話してくれた？」

「ええ、話したわ。つまり、これで偶然がふたつ。だからきっとあのお爺さんは、セアラのことを追いかけたんでしょう。でも、それだけのことよ。間違ってもＳＦもどきのことは考えないでね」

セアラは頭を振りながら、何とか適切な言葉を探そうとした。「ああ、どう言ったらわかってもらえるのかしら。この気持ちは、とうてい口では説明できないわ」

「それ、強迫観念っていうのよ。お医者さんに行ったほうがいいわね、セアラ」

「そうだわ、記録よ！」カレンの言葉などまるで耳に入らなかったように、セアラは続けた。「月曜日の朝、わたし、役所に行ってみる。もし彼がうちを所有してたことがあるとしたら、登記簿に載ってるはずだものね」

カレンは雄弁な目を夫に向け、夫は返事がわりに肩をすくめた。「ねえセアラ、それを〈リズ・クレイボーン〉の撮影の前にするの、あとにするの？　それとも、〈スピーゲル〉にも取りかかってから？」

「月曜の朝いちばんに調べるわ。ただ、知っておきたいから」

「それで、昔の所有者に彼の名前が見つからなかったら？」

「そうしたらたぶん興味はうせて、刺激も何もないいつもの生活に戻るでしょうね。そうなったら、うれしい？」

「それはもう。ぼんやりしたセアラは見たくないから」

「わたしは、妹に母親ぶられたくないわね。わたしのほうが年上なのよ、覚えてる？」

カレンはほほ笑んだ。「ふたりが何歳になろうと、わたしはいつも下よ。いつかあなたにそのことを思い出させて、うんと楽しませてもらおうっと」

セアラは笑いながら立ちあがり、小走りに階段をおりた。「それじゃ、帰るわね」

「仕事？　それとも探偵の続き？」

セアラはウインクを返した。「両方を少しずつかしら。じゃあね」

ふたりを残して、セアラはふたたび自転車にまたがった。明日になればきっと何かがわかる。そう自分に言い聞かせながら。カレンの言うように、もしマーカス・スティーヴンズが一度もあの家に住んだことがなかったとしたら、彼のこともさっぱり忘れられるかもしれない。

でも、もしその逆だったら……。

もし逆なら、この謎解《なぞと》きに最後の最後までつきあう以外にないだろう。自分に選択権があるとは、セアラにはとうてい思えなかった。

3

登記簿は誰にでも閲覧が可能だった。マーカス・スティーヴンズの名を自分の家の過去の所有者のひとりとして見つめながら、セアラは鼓動がどんどん速くなっていくのを感じた。一九四七年から彼女の生まれた年まで、あの人は同じ家に住み、同じ部屋で眠り、同じキッチンで食事をし……。

いったい全体、どういうこと？

二十分もかけて書類を見つけ出してくれた係の人に礼を言うのも忘れて、セアラはよろよろと表に出た。車にたどりつき、窓に映った自分の顔を見つめながら、マーカス・スティーヴンズについての情報を整理する。

あの人は、かつてわたしに似た女性を愛していた。でも、わたしが同じ家に住んでいることは知っていたのだろうか？　ひょっとして、知っていたから頭が混乱して、わたしを写真の女性そのものだと思ってしまったとか？

とにかく、偶然が重なりすぎている。ようやく車の中に体を押し込み、エンジンをスタートさせながら、セアラは思った。説明になるような手がかりはひとつもなし。ただ、ひとりの男性が不幸な死をとげ、そして気まぐれな過去が、ふたりの人生を日一日ともつれさせていく。

突然鳴り出した携帯電話が、彼女を現実の世界へと引き戻した。通話ボタンを押し、受話器を耳に押しつける。「もしもし」

「セアラ？　ミックだけど、金曜の夜の件は予定どおりでいいね？」

セアラは眉をひそめた。金曜の夜の件？　こともあろうに、いちばんお世話になっている広告代理店の製作ディレクターとの約束を忘れてしまったのだろうか。「ええと、何だったかしら……」

「ディナー・パーティーだよ。きみが言い出したんじゃないか、まいったなあ」

セアラは受話器を肩ではさみ、州間高速道路に乗るべく車線を変えた。まったく返す言葉もなかった。机を囲んで会議をするより、先方がどんな写真を求めているのか、〈罪なくらい甘いヨーグルト〉社のお偉方を招待してざっくばらんな意見を聞いたほうがいいと言ったのは確かにセアラだ。

気を取り直してセアラは言った。「ええ、もちろんわたしのアイディアよ。予定の変更もないわ」

「だったら、ぼくに思い出させてもらってつくづくよかったな」

セアラは微笑した。「そうね。ここ数日、ちょっとごたごたしてたものだから」

「そうらしいね。聞いたよ、大変だったな。いったいどんな異常者がうろついてるものやら、わかったもんじゃない」

たちまち笑みは消えた。「あの人は異常者なんかじゃないわ。悪いことだって何もしてないし」

「ああ、ジョン・ヒンクリーのほうもね。とにかく、きみは無事でよかったよ」

セアラは何も言わなかった。ひと言言い返したいという説明のつかない思いが、彼女の胸を締めつける。

「おいおい、大丈夫かい？」

「ええ。ねえ、今ちょうど礼拝堂に着いたところなの。用件はパーティーのことだけ？」

「礼拝堂？」声が笑っている。「いつからユダヤ教徒になったんだい？」

「ユダヤ教じゃなくて、ギリシャ正教のよ。それに、改宗もしてません。〈エリザベス・アーデン〉の広告は、ここを使うんだったわよね？　古典の美、とかいうテーマだったでしょ？」

「ああ、あれか。でも、撮影は二週間先じゃなかったか？」

「いろいろと準備が必要でしてね、ディレクター。どうぞ、ご心配なく。こっちはこっちでやりますから」

「厳しいなあ。わかったよ。パーティーの手伝いはするからね、言ってくれよ」

「もちろん。だって、お料理を担当してもらうんですもの」

「ぼくのステーキは絶品だからね。きみの家で焼くにふさわしいんだ」

セアラは携帯電話を戻しながら、忘れてしまっていたパーティーの詳細について思いをめぐらせた。どうか、雨だけは降りませんように……。

庭でバーベキュー形式にし、かしこまらず、自由にアイディアを出しあう。それが計画のすべてだった。雨漏りする家の中なんかに閉じ込められたら、悲惨もいいところだ。それだけは今から考えただけでもぞっとする。

いいえ、本当は心配なのは雨なんかじゃない。割かれる時間だ。自分のための時間、マーカス・スティーヴンズの人生をとどめる遺品の箱と過ごす静かな時間が、セアラにはもっと必要だった。かつては彼のものだった家の中で、これまでの手がかりがどう結びつくのかじっくり考えてみたい……。

礼拝堂の駐車場に車を入れながら、自嘲《じちょう》ぎみにセアラは思った。確かにカレンの言うとおり、取り憑《つ》かれているかもしれない。でも、これは解かなくてはいけないパズルだ。そしてセアラは、問題を途中で投げ出すような人間ではない。

妄想であろうがなかろうが、とにかく結論が出るまではつきあってみるつもりだった。というより、つきあわずにはいられそうにない。

金曜の晩、パーティーの二時間前になって、セアラは取り寄せたフィルムのことを思い出した。招待客が到着する前にすべきことはまだ山ほどあったが、つかの間手を休めて例の古いカメラに装填《そうてん》し、あとで時間があったら写してみようと手近なところに置いておいた。

ステーキの肉は調味料につけ込んだし、それ以外の料理はケータリング業者がすでに運んできた。輝く太陽は雨の降らない夜を約束してくれている——予報では、雨の確率三十パーセントだけれど。今週は撮影がさらに二回あって、水曜日と今日は立て続けに製作会議。そして、クライアントがこれだとうなる写真が撮れたことを証明すべく暗室にこもった時間は計り知れず。と、まあ頭のおかしくなりそうな一週間ではあったけれど、どうにか無事今夜を迎えることができた。

滑稽《こっけい》なのは、そんな忙しいさなかにあっても、いかにマーカス・スティーヴンズに心を奪われていたかだ。しかも、遺品の箱をのぞく時間まで見つけ出して！　セアラは彼の写真を何度も何度も見返し、時間の空白を埋めようとした。彼の瞳の中の空洞を、彼の過去の空白時期を……。

やっぱりカレンが言ったとおり、この気持ちは妄想と呼ぶ以外にないのかもしれない。しかも、それから解放される日が来るのかさえもわからない。

わたしの心の中にも、リンカーン・コンチネンタルでも通り抜けられそうな大きな空洞があるものね、とセアラは自分につぶやいた。そしてマーカス・スティーヴンズとの関係の何かがそれを埋めてくれるはず、と。

ところが招待客が訪れ、グラスを片手に笑いと興奮の中で自分の写真についての意見が交わされるうちに、セアラはいつの間にかマーカスのことを忘れているのに気づいた。これが現実よ。人々のたわいもない冗談に調子を合わせながら自分に言い聞かせる。これが現実の生活。

食事がちょうど終わったころ雨が降り始め、招待客はいっせいに家の中に逃げ込んだ。セアラはすかさず例の古いカメラを手に取った。「はい、みんな笑って」

フラッシュがまたたいた瞬間、手にびりっとショックを感じ、セアラは顔をしかめてカメラに目を落とした。気のせいかしら、それとも……?

「もう一枚撮って、セアラ」

顔をあげると、写真のためにみんな肩を寄せあっている。

「いいけど、これ古いのよ。まるで写ってないかもしれないし、写ってたとしても白黒だと思うの。でもひょっとすると、おもしろい雰囲気が出るかもしれないわね」

もう一度ファインダーをのぞき、ピントを合わせ、シャッターを切る。と、また、びりっときた。それでも、たぶんフラッシュの具合だろうとあまり気にしないことにして、セアラは被写体を動かし、好奇心のおもむくままに撮影実験を続けた。

「会社の掲示板用に焼き増ししてもらえる、セアラ?」誰かの声が、夢中になっていたセアラの心を引き戻した。「もちろん、もし美術館の展示用でなければっていうことだけど」セアラは笑いながら答えた。「そうでないこと請けあいよ。写ってたら、みんなさしあげるわ」

客が引きあげていったころには、フィルムもみんな使い果たしていた。最後にミックだけが残った。早くこの人も帰ってくれないだろうか、とセアラは内心願っていた。暗室にこもって、早く実験の成果を見極めたい。

けれど、こういう夜はあるもので、ミックにも思うところがあるらしい。「さてと、なあ、セアラ……きみの瞳にあふれるその情熱を、いつになったらぼくにも注いでくれるつもり?」

知りあって二年になる友人に、セアラはほほ笑んだ。もしミックがいなければ、わたしはたぶんここまで仕事で成功をおさめることはできなかっただろう。彼には大きな借りがある。けれど、体で返さなくてはならない道理はない。ミックがどんなにハンサムで世慣れていようと、セアラは彼と友達以上の関係になりたいとはこれっぽっちも思わなかった。なりたがっている女性なら、ほかにいくらでもいるだろう。

「さあ、いつかしらね」とかわしながら、セアラは居間のグラスを片づけ始めた。「こんなすてきな友情関係を壊してしまうのは惜しいわ」

「新しい段階に、ほんのちょっと進むだけさ。そのためには何が必要なのかな？　ワイングラスを傾けながらのディナー？　それとも薔薇《ばら》の花束を贈ろうか？」

「まあそのほうが、アームチェアに寝そべって服を脱げって言うよりはずっとましだけど」

「そんなことは言ってないぞ」

「言っているも同然よ」

にやりとミックは笑い、椅子の足置きを引っ込めて行儀よく座り直した。「つまり、こういうこと？　きみをムードあふれるディナーに連れ出して、甘い言葉をささやき、花束をプレゼントすれば、ひょっとするとそのあとにお楽しみが待ってるかもしれない？」

セアラはかぶりを振り、あきれたような笑みを浮かべた。「絶対確実よ、ミック。だって想像しただけで、わたしもう、あなたに飛びつきたくなってきちゃったわ」

「そうだろう？　じゃあ、行こうか」

セアラは吹き出した。「あなたって本当に困った人ね。とっても残念だけど、現像しなくちゃいけないフィルムがあるの」

「後悔するぞ」

「そうね」セアラは皿をキッチンに運んだ。「せっかくなのにね。たぶん今夜は眠れないんじゃないかしら」

「きみは冷たい女だよ、セアラ・ラインハート」

「ありがとう。あとは、あなたがその冷たさを感じ取ってくれればいいんだけど」

「感じてるさ、だから退散するよ。せいぜい暗室で楽しんでくれよ。その間ぼくは、別の暗い部屋にきみを誘い込む夢を見続けているから」セアラの額にキスし、ミックは玄関に向かった。「そうそう、今日はありがとう。パーティーは大成功だったね」

ミックを送り出してから、セアラはそのあとの惨状に改めて目を向けた。今夜は後片づけをする気分にはなれなかった。ゆっくりと、ついさっきまでは人でごった返していた広い居間を、いちばん奥まで歩いてみる。誰もいない。でも、そのほうがありがたいでしょう? 何の要求もない。取り繕う必要もない。

だったらどうして毎晩毎晩、こんなに寂しさがつのっていくのだろう。寂しさが汚染された空気のように家の中を満たし、肺に入り込み、こんなにひどく人を求めさせるのはいったいどうして?

でも、誰でもいいわけじゃない。ミックじゃだめだし、パーティーの席上で思わせぶりなことを言ってきたほかの誰でもだめ。逆に、誰にもこの寂しさは埋められないと言ったほうがあたっているかもしれない。

受話器をつかんで、セアラは妹の家の番号を回した。三回の呼び出しで、ジミーの声が答えた。「もしもし」

「ハーイ、ジミー。カレンは今忙しい？」

「ええと……」シーツのこすれる音、ベッドのきしむ音。「ちょっと待ってください」

セアラは目を閉じ、椅子に座り込んだ。

「ハーイ、セアラ」

「おじゃまだったみたいね。明日またかけ直すわ」

「そうねえ、小さな秘め事のじゃまはされたかもしれないけど」電話の向こうから、くすくす笑いが聞こえてくる。「ごめん、ちっとも小さくなかったわ」ますますふたりは笑い転げ、セアラもそれにつられて笑った。

「明日、そっちから電話して。いいわね？」

「何も変わったことはない？　パーティーは終わったの？」

「ええ、すべて順調よ。じゃあね、おじゃましました」

電話を切ったセアラは受話器に手を置いたまま、まだ微笑を浮かべていた。カレンは幸せだ。そう思うと、自分のことのようにうれしかった。それでも心の隅には妹を求める少女の部分が相変わらず残っているらしく、ちょっぴり寂しい気もしてしまう。正確にはカレンを失った寂しさというよりも、お互いが唯一無二の親友でなくなってしまったことに対して。カレンがジミーと知りあう前はそうだった……。

いていく。でも、それが人生というものだ。人は育ち、家族から離れ、それぞれに自分の家庭を築

滅入《めい》りがちな気持ちを奮いたたせながら、セアラはさっきのカメラを持って、暗室に入った。赤い電気をつけてフィルムの現像を始めると、いつもの作業の流れの中に雑念は消え、すっかり気分も晴れてくる。浮かびあがってきた写真に、セアラは声をあげて笑った。質はいまひとつといった感じで、よほどのことがない限り仕事でこのカメラを使うことはないだろうが、パーティーの写真にはそれなりのかけがえのない価値がある。

最後の一枚がぼんやりと印画紙に浮かびあがってくるのを見ながら、登場するおどけた表情の数々にセアラはまた笑った。スティーヴンがいる。広告代理店を選ぶ権限を持っている人物だが、煙草《たばこ》に火をつけながら片眉をひょいとあげてみせ、その隣で奥さんのベスがぽかんと口を開けている。マーケティング部長のジェリー・ジャクソンが腰をかがめ、彼女にお尻を突き出してみせているのだ――ジェリーを脅迫するのにぴったりの証拠写真！　そのジェリーをけしかける相棒のトリップ・ミラー。そしてミックは、体を折って低いテーブルから何かを取りあげようとしているエレンの脚に、じっと目を注いでいる。

セアラは写真を乾かしながらひととおりもう一度目を通し、それからもっとよく見るために拡大鏡を取った。最後に撮った写真には、ちゃんと全員が入っているはずだ。漏れもないし、不自然でもない。いい写真が撮れたわ、とセアラは誇らしげな気分になる。これ

を会社の掲示板に飾ったら、〈罪なくらい甘いヨーグルト〉社の連中はさぞ喜ぶことだろう。全員に焼き増ししてあげよう。パーティーのお土産みたいなものだ。親切にしすぎて仕事がだめになることはないのだし。

まだ濡《ぬ》れている写真をつぎつぎ洗濯ばさみでつるしていたセアラの手が、ぴたっと、凍りついたように動かなくなった。さっきは気づかなかったが、一枚の写真の居間の奥、陰になった部分に、人影が写っているのだ。深く沈んだ目で、じっと空間を見つめている男……。

マーカス・スティーヴンズ。

セアラは思わずその写真をつかみ、明かりの下でもう一度見た。拡大鏡をあてると、ぼさぼさの黒い髪で、目の下にはうっすらとくまができ、唇を突き出すようにすぼめている。それは、古い写真で見たマーカスの顔だった。まだ若かったころの、戦争が終わって、病んだ心を瞳に映し出していた時代の。

でも、彼がパーティーにいたはずがない。

セアラはほかの写真をつかんで、誰かマーカスと見間違うような人がいなかったか探した。たぶん見落としていた人がいるのよ。今夜初めて会った人とか、今まで気づかなかったけれどマーカスに似てる人とか、いないの？

答えはノーだった。みんな、マーカスとは似ても似つかない。

セアラはスツールにへなへなと座り込んで、怯《おび》えきった表情で再度その顔に見入った。だいたい、ここまで彼にそっくりな人が招待客に交じって立っていて気づかないはずがないじゃないの……。

彼女は遺品の箱のところに行き、震える手でマーカスの写真を取り出した。最初に出てきたのが女性と写っている写真だった。セアラにそっくりだけれど、セアラではない女性と。胸をどきどきいわせながら、また今夜の写真のところに戻って二枚を比べた。マーカスにそっくりだけれど、マーカスであるはずのない男性の写っている写真と。

やっぱり彼だ。めまいさえ覚えながらセアラは確信した。これはマーカスだ。まったく常軌を逸しているし、あり得ないことだけれど、彼はここにいたのだ。

そして、わたしもここにいた。この謎《なぞ》は、何としてでも解き明かさなければ……。

妄想だとカレンは非難したけれど、カレンは状況を半分しか知らない。また今日のことも、セアラは打ち明けるつもりはなかった。これは秘密だ。マーカスとふたりだけの。わたしたち以外には誰も、決して理解できないことなのだ。

マーカス・スティーヴンズの登場が、彼女の人生に大きな変動を起こし始めていた。その実体が何なのか、結局最後までわからないかもしれないけれど、だからといってセアラは諦《あきら》めるつもりはなかった。

4

謎《なぞ》が解けないばかりか、その晩は眠りにつくのも難しかった。マーカスが亡霊のように現れるのではないかと、セアラはベッドの中で寝室の闇《やみ》に目を凝らしていた。家に、霊がついているのだろうか。それともあの写真や遺品を通して、マーカスが話しかけようとしているとか？

何だか寒気がしてセアラは起きあがった。毛布を出そうと思ったつもりが、つい大きな家の部屋のひとつひとつを全部チェックして歩いていた。彼がどこかにいるような気がして、あの写真と同じ思いつめた目をしてこちらを見ているような気がして、特に陰になっている部分に注意しながら。

けれど、そうやって無理やり彼の像が呼び起こせるわけではない。セアラは遺品の箱に戻り、もう一度マーカスと女性が写っている写真を眺めた。

鼓動が勝手にどんどん速くなる。まるで心臓だけが、本人の知らない何かを知っているみたいに。そして手はまた箱の中身を探っていた。どこかに決定的な手がかりが潜んでいるとでもいうように、ひとつひとつ吟味しながら。

セアラの手は、ある一冊の本にとまった。カミール・フラマリオーン著『ルーメン』。それを箱から引き出し、ぱらぱらめくっていると、マーカスが下線を引いた箇所が目についた。〝人間の頭脳が知覚する時間は、相対的なものか絶対的なものか〟わけがわからずさらにページを繰っていくと、それがタイムトラベルをした男について書かれた本であることがわかった。

タイムトラベル。冷たいものがぞくぞくっとセアラの背筋を駆けあがった。タイムトラベル……。

今度はアインシュタインの本を手に取って、またどこかに下線が引かれていないかと探してみた。〝広いカーテンの狭い隙間《すきま》〟に下線つき。そこを通じて、人は物事を知覚するという。そして余白に書き込みがあった。〝彼女の時間からわたしの時間へ。カーテンの穴をくぐり抜ける光の波動〟

手の震えを抑えながら、セアラはその意味を解明しようとした。彼女の時間……彼女って、いったい誰？

さらなる手がかりを求めてどんどんページをめくっていくと、ようやく後ろの方にまた見つかった。タイムトラベルについての記述に下線。そしてそのページのいちばん上の書き込みが〝カメラ〟。

カメラ……。心臓がおかしくなったように打ち出した。セアラは本を閉じてマーカスと恋人の写真に見入り、その女性が自分である可能性について初めて考えてみた。まさか、そんなことがあるはずがない。でも、パーティーで撮った写真にマーカスの顔が写ることだってあり得なかったはずだ。

暗室のテーブルに置きっぱなしになっていたパーティーの写真を手に取り、マーカスの顔をもう一度確認し、セアラは観念した。どうやらあのカメラが、謎を解く鍵《かぎ》を握っているらしい。

光の波動……カーテンの穴……彼女の時間からわたしの時間へ……。

もし……もし、あのカメラがアインシュタインの言うカーテンの向こう側をのぞかせてくれる道具だとしたら？　わたしの時代からマーカスの時代がのぞけて、そのカーテンが少し開いていたから、彼の顔が写真に写ったのだとしたら？　もし、もう一度試してみたら……？

セアラは熱に浮かされたように三脚を立て、カメラを固定した。当時にしてみれば最先端技術であろうセルフタイマーが、そのカメラにはついていた。それをセットし、自分を撮るべく向かいのスツールに腰をおろす。

シャッターがおりるのを待つ間、いったい何を期待してこんなことをしているのだろう、とセアラは思った。もうひと目だけ彼の姿を見たいのか――今度はもうちょっとよく？　彼にわたしを見るチャンスをあげたいの？　それとも、ほんの一瞬でいいから、同じ時代に見つめあいたいとか？

ばかばかしい。そんなこと、思いつくだけでどうかしている。

セアラは、やっぱりタイマーなんか止めてカメラも片づけ、さっさとベッドに戻ろうと思った。その瞬間、シャッターの音を聞いた。同時にフラッシュが瞬く。

また例の衝撃が彼女を襲った。ただし今回はもっと強く、鋭く、体がいきなり床に叩《たた》きつけられた。目の前が真っ暗になり、急に気分も悪くなって、目も開けられなければ体を起こすこともできなかった。体をちょっと動かすことさえできない。

しばらくの間、セアラは床に横たわったままの状態で呼吸を整えることに専念した。やがて何とか、ゆっくり目を開けられるまでになったので、床板を見つめ、溝の走り具合を意味もなく眺めていた。ああ、何とか起きあがることができれば……。頭さえ起こせないの？

時を告げる鳩《はと》時計の音に、セアラはぎょっとした。恐怖がアドレナリンの分泌をさかんにしたのか頭だけは起こせるようになり、見上げると、ステラの家にあったマーカスの鳩時計が壁にかかっていた。でも、いったい全体どうしてそれがわたしの暗室に？

状況がゆっくり頭にしみ渡っていくにつれ、顔に汗が吹き出した。違う、ここはわたしの暗室じゃない。家具が違う。でも、窓は同じだし、天井の飾りも、ドアの位置も……。

「誰だ、きみは？」

深い、驚いたような声に、セアラはびっくりして振り返った。部屋の入口に立っている男の顔に、ゆっくりと焦点が合ってくる。「まさか……」

「きみは誰だときいたんだ。ぼくの家にどうやって入った？」

相手は顔を近づけてきた。まさに写真のとおりの、若いころのマーカスの顔だった。と、部屋が急にぐるぐるまわり出し、胃がむかついた。体じゅうの力が抜けた。何とかしゃべろうと口を開き、自分でもわけのわからない今の事態を何とか説明しようと試みるのだが、喉が締めつけられて声も出なかった。部屋がどんどんかすんでいく。それでもぐるぐるとまわり続ける。

セアラはふたたび倒れ、冷たい床板に燃えるような頬を押しつけた。まさか、まさか、と怯《おび》えるうちに意識は遠のき、無限の空間の中にのみ込まれていった。


セアラは明るさの中で目を覚ました。やわらかく、優しい心地よさが、疲れて弱った彼女の体を包み込む。誰かが冷たい濡《ぬ》れタオルでおでこを拭《ふ》いてくれた。そっと優しく……。

彼が顔をのぞき込んだ。ひどく心配した顔をしている。脳裏に焼きついて離れなかった顔が、そこにあった。何度も思い返し、何度も写真を見返したその顔が。老人の顔の中から自分を見ていた目が、今は若者の顔からこちらを見ていた。

「あの……」セアラのささやきは、唇に触れた彼の指先に封じられた。

「しーっ。まだ話は無理だよ」

かすれたような彼の声は深く、上品で、蜂蜜《はちみつ》のようになめらかだった。「あなた……マーカスよね？」

「マーカス・スティーヴンズだ」セアラは答えを聞きながら気がついた。彼はわたしの目を診ているのではない。見つめているのだ。「きみの名前を教えてくれるかい？」

「セアラ」期待に反して、何も特別な反応は返ってこなかった。セアラは、ふたたび突きあげてくる吐き気を押し戻した。「こと……ことしは何年？」

マーカスは笑っている。「ちょっと混乱したようだね」

答えを待ちきれないセアラは首を振った。「いいから、何年？」

「一九五三年だよ」笑みがふっとだえた。「ほかにも記憶の混乱があるかい？」

涙がふいにこみあげた。記憶の混乱なんかじゃない。時を隔てるカーテンよ。それから、カメラ。知りあいであるはずのないふたりが、お互いのことを知っていて……。

また吐き気がして、セアラは体を起こそうとした。

「だめだ。まだ寝てないと」

「気持ちが悪いの」と言うや、セアラは口に手をあてた。

すかさずマーカスは洗面器をあてがい、吐くものがなくなるまで吐き続ける彼女の姿を、医者らしく落ち着いた態度で見守った。

ようやくセアラは枕《まくら》に頭を戻し、目を閉じた。「体にこたえたのね、あの旅が」

「そんなに長旅だったのかい？」マーカスの声が聞こえる。

「何十年もよ」セアラはささやき返した。

マーカスが動くのは音でわかったが、目を開けて確かめる気力はなかった。彼は部屋を離れ、すぐに戻ってきた。と、突然、なだれのように振りかかってきた氷にセアラはあわてた。

「じっとしてるんだ」マーカスは彼女の体を押さえた。「熱がものすごく高いし、脱水症状も起こしている。ほら、じっとして。今、救急車を呼ぶから」

「やめて！」是が非でも聞いてほしくて、彼女は体力が許す以上の叫び声を絞り出した。

「病院はだめ。お願い！」

全身がぶるぶる震え出す。マーカスは彼女を押さえていた手を離して首と腕のまわりに氷を集め、手でもすくって顔を冷やした。

「お願いだから！　あなた、わかってないのよ！」

「わかってないのはきみのほうだ。死んでもいいのか」

「あなただって医者じゃないの」

はできないんだ」

「昔の話だ。道具もない。きみには検査が必要だし、薬もいる。ここではきみを治すこと

「わたしなら大丈夫よ」セアラはすすり泣きを始めた。「お願いだから、この家から出さないで。もし出されたら、いったいどんなことになるか……」

「何か複雑な事情でもあるのかい？　たとえば法を犯しているとか」

首を振る彼女の目に、涙がいっぱいこみあげた。「そんなんじゃないわ！　分子の法則よ。物理の法則よ」うまい説明の言葉さえ見つからず、ただ涙がこめかみに伝いおり、髪に吸い込まれていく。「ああ、わかりっこないわよね。でも、いいからとにかく約束して。わたしを決してこの家から出さないって」

すすり泣きは大きくなり、やがてセアラはしゃくりあげるように泣き出した。そして気づくと、氷も冷たさもかまわずにマーカスがベッドの隣に来て、体を抱いてくれていた。なおも震えながらセアラはその腕の中で丸くなり、彼のシャツに涙を流した。頭の混乱と惨めさと、そして病のために。いや、それ以上に、これから当然起こるであろうことのすべてに。

今までは考えもしなかったことだが、セアラが時代をさかのぼった瞬間に、そこまでの運命がひとつ完了したのだ。そして二度目の今回は、それを変えなければならない。変えなければまた前回と同じ悲劇的な運命を、何度も何度も、永久にぐるぐると繰り返すこと

になる。生まれ、死に、また生まれ、死に……。

そうはいってもセアラにはわからないことだらけだ。けれど、そんな中で、ひとつだけ確かなことがあった。今ほど安らぎを感じたことはない。このマーカス・スティーヴンズの腕の中ほど、しっくり感じられる場所はなかった。


何て小さな体だろう。泣きじゃくりながら力を使い果たしていく彼女の体を抱きながら、マーカスは思った。そして抱く腕にさらに力をこめると、心は不思議な安心感に包まれた。いったい、どうして？

彼女について知っていることといえば、セアラという名前と、ひどい病気であること、幻覚症状を起こしていたこと。聞いたことはほかにもあるが、まるで意味をなさない内容だ。

やがて眠ったのか彼女の体から力が抜け、マーカスは、やはり病院に連れていこうかと考えた。でも、あんなにいやがっていたし……。

顔をのぞき込むと、セアラは目を閉じ、安らかな寝息をたてていた。氷は溶けてシーツを濡らし、髪も濡れて乱れ、その正体が何であれ病との闘いのあとを示している。彼女を抱いていたマーカスも、また濡れている。

どうやら熱は下がり始めたようだな、とマーカスは思った。シーツと寝巻きを、乾いたものに取り替えてやらなければ。

静かに腕をはずしてベッドをおり、改めてセアラを見つめると、丸くなって眠る姿はまるで子供のようだった。だがその一方で、濡れたネグリジェを突きあげる胸のふくらみはゆったりと豊満で、長い間封じ込めていた欲望を、自分がまだ男であったことを思い出させる。

そっとベッドの端に腰かけ、マーカスはネグリジェのいちばん上のボタンをはずした。セアラはぴくりとも動かない。さらにゆっくりとボタンをはずしていく。豊かなふくらみが目の前に現れるまで。自分の体が恥ずかしげもなく反応を示すまで。

おまえは医者だぞ、とマーカスは自分に言い聞かせた。医者なら医者の目で彼女を見なければだめじゃないか。彼女は助けを求めてここにやって来たんだ。鍵はかかっていたが、とにかく中に入ってきたんだから、おまえの患者だろう。患者におかしな気を起こしていいはずがない。たとえどんなに長い間、女性から遠ざかっていたとしても。

胸をどきどき鳴らす欲望を必死で抑えながら、マーカスはネグリジェを肩から抜き取った。張りつめる乳首の様子も、乳房の重みも、ウエストの細い曲線も、何も見まいとした。

ごくりと唾《つば》をのみ込む。それでも、口の中が乾いてしかたがない。

今度は箪笥《たんす》のところに行って、引き出しからTシャツを一枚引っ張り出した。これじゃ彼女にはワンピースだろうなと半ば笑いながらも、凍えさせるわけにはいかないので頭からかぶせてやる。彼の動きは素早く、むだがなく、プロらしかった。

体を抱きあげると、その軽さとはかなさは感じ入ってしまうほどだった。窓際のソファにそっと運んでからベッドの濡れたシーツをはぎ取り、マットレスのビニールカバーを拭いて、手際よく新しい寝具を整える。

それからセアラを抱きあげて、またベッドに戻したが、その間じゅう彼女はぐっすり眠り続けていた。ベッドの横に椅子を運んで、マーカスは彼女を見つめた。きれいな子だ。髪が乱れていようが、目の下にくまができていようが、顔色が悪かろうが、彼女は美しかった。

いったいどんなふうに笑うのだろう？　明日セアラが起きたら、ぜひとも見てみたいものだ、とマーカスは思った。ぼくの人生にはほほ笑みが必要だ。ほんのつかの間でも、きっと彼女の笑みが亡霊どもを追い払ってくれることだろう。

脈を診ると、容体は安定しているようだった。おそらくもう大丈夫だろうが、絶対に安心だとは言いきれない。危機を脱したことが確信できるまで、ひと晩じゅうでもそばについていてやろう。

目を覚ましたとき、明け方の光が部屋を明るい色に染めていた。よかった、わたしの部屋だわ。セアラはほっとため息をついた。カーテン越しにそよいでくる風が肌にひんやりと心地よく、ようやく普通の生活に戻ったことを実感させてくれる。

みんな夢だったのね。いくらあの人に頭の中を占領されていたからといって、まさか時を超えて旅をして、実際に会ったりするはずがない。本当はここで、自分のベッドで、ずっと眠っていたのだ。そして今、太陽の光が明るく暖かく晴れやかに、すべてを正常な状態に戻してくれている。

「気分はどうだい？」

セアラがぎょっとして顔を向けると、マーカス・スティーヴンズが、徹夜の看病の疲れもあらわにベッドの脇《わき》に座っていた。

セアラはゆっくり上体を起こした。「夢じゃなかったのね」

マーカスは彼女のおでこに手を伸ばし、ちょっと怪訝《けげん》そうな顔をしてから、今度はベッドの端に座って脈を診た。「もう熱はない。脈も正常に戻ったな」

セアラは指で髪をときながら、まるで初めて見るような目でマーカスを見た。「気分も……気分も別に悪くないわ。まったく病気なんかじゃなかったみたいに」

「そんなはずないよ。何だか力が出ないとか、何か感じないかい？」

「いいえ。とってもいい気分よ。ぐっすり眠ったあとっていう感じ」セアラは、自分が男物のTシャツを着ていることに初めて気づいて、あわてて胸のあたりをおおった。「あ、あなたが着替えを？」

「着替える必要があったんだ。氷で冷やしたから、きみは体じゅうずぶ濡れで」

目が合うと、急にセアラは自分の姿が気になり始めた。着替えのとき、彼の目にわたしはどんなふうに映っただろうか。がたがた震え、もどし、泣きじゃくったわたしを、彼はどう思っているだろう。

「それで……そろそろ事情を聞かせてもらってもいいかな？」マーカスが言った。

「事情？」

「うん。どうしてあれほどまでに病院に行くのをいやがったのか。うちに押し入ってでも、病院には行きたくなかったんだろう？」

「別に押し入ってなんかいないわ。ここはわたしの家だもの。家だった、というか……」

「ここに住んでたの？」

セアラはいらだちの表情を見せ、そして頭を振った。「何もかもばかげてるわ。そもそもどうやってここに来たのか……あの病気も……」

「前にも同じようなことはあったかい？　ひどい症状が出て、数時間で治ってしまうような」

「一度も。でも、こんな旅をするのも生まれて初めてですものね」ふと顔を曇らせ、パズルをつなぎあわせようとでもするかのように彼女は眉根を寄せた。「つじつまは合ってるのかもしれないわ。だってそんなスピードで旅をして、体の組織に影響が出ないはずがないもの」

「スピードって何のことだい？　いったいきみはどこから来た？」

大きく息を吸い、セアラはまた頭を振った。「シャワーを浴びさせてもらってもいいかしら。服を着替えて、あと、何か食べたいわ。話はそれからでもかまわない？」

マーカスはほほ笑んだ。「もちろんかまわないけど、ひとつ忘れているようだね。きみはゆうべ寝巻き姿でここに現れたんだ。それも洗濯して、まだ乾いていない。着替えはぼくのものでもいいかい？」

セアラは肩をすくめた。「着られさえすれば何でも」

マーカスは新しいTシャツを引き出しから出してやった。「このくらい大きければ十分だろう。浴室はこっち。きみがシャワーを浴びている間に、ぼくは朝食の支度をしよう。体は大丈夫だね？」

「ええ」

「だったらいい」プライバシーを与えるべく寝室のドアまで行ったところで、マーカスは振り返った。乱れた髪。男物のTシャツの下に盛りあがる胸のふくらみ。ベッドに半身を起こしたセアラは、マリリン・モンローよりもセクシーだった。彼は顔を背けた。「何かあったら呼んでくれ」

彼女はこくりとうなずき、マーカスは後ろ手にドアを閉めた。そしてそのドアに彼はすぐさま寄りかかって、自分を戒めた。変な希望を抱くんじゃないぞ。だいたい彼女のことは何も知らないじゃないか。

生きていることをふたたび実感させてくれるという以外には。

だが、そんな感情は、何か信じられない気がした。それに、彼女はもうここに長くはいない。病気だからこそここに来て、今は回復しているのだから。

それでも、彼女がいる間だけ楽しく時を過ごして何が悪いだろう。そして、ひょっとすると……ひょっとすると、それが何かいいことの始まりになるかもしれない。

マーカスは、ひとりかすかなときめきとおののきを覚えていた。


シャワーの下に立つと、病の名残が体の外へ洗い流されていくようだった。けれど、恐怖心まで消し去ってくれるわけではない。

彼女は髪をゆすぎ、石鹸《せっけん》の泡が肩から腹部へ、そして脚を伝って流れ落ちていくにまかせた。自分の家のシャワーとまったく同じだった。家で過ごす、ごく当たり前の一日のように、セアラはシャワーを使っていた。ただ、ここがマーカスの家で、自分の家ではないというだけだ。

あのカメラが、例のカーテンの隙間からわたしを過去に送ったのだ。でも、もしカーテンが二度と開かなかったら？　だいいちカメラは向こうにあるままだ。それでどうやって助けを頼んだり、誰かに呼び戻してもらったりすればいいのだろう。

このまま、もう戻れないかもしれない。カレンに事情を話すこともできず、二度と会えず、この時代に永久に取り残されることになったとしたら、いったいどうすればいいの?

涙のこみあげてくる目をぎゅっと閉じて、セアラは顔にシャワーをあてた。マーカスにも、いったいどう説明したらいいのか。本当のことを言ったら、頭がどうかしていると追い出されてしまうだろうか。もしそうなったら、いったいどこに行けばいいのだろう。

泣き続けるうちにお湯も底をつき、セアラは何とか気力を奮い起こして体を拭いた。ドライヤーを探し、そんなものがあるはずはなかったと思い出す。まだ発明される前の時代だ。

しかたがないので櫛《くし》でとくだけといた。彼のTシャツを着ると裾《すそ》が膝まで届いたが、なおも肌をさらしているような落ち着かなさを感じる。泣き疲れたセアラは、とぼとぼと浴室を出た。

「大丈夫かい?」マーカスが寝室で待ちかねていた。彼の目が濡れた髪からふくらはぎ、裸足《はだし》の足へとひとわたり眺めていく。

「ええ」

「倒れたかと思って心配したよ」

「言ったでしょう、もう何ともないって。すっかりよくなったみたい」そして、ほほ笑んだ。「あなたって名医なのね」

「ぼくはもう医者じゃないよ……少なくとも患者は診ていない。誰かから聞かなかったかい？」

「聞いたような気はするけど、でも、どうしてなの？」

彼は答えず、ドアに向かった。「朝食の支度ができてるよ。何か食べないとね。でも、食べすぎてもだめだ。胃が弱っているだろうから」

固い木の廊下を、セアラは彼の後について歩いた。自分の時代には少し古びているというだけで、何百回と歩いた同じ廊下。今はまだぴかぴか光り、新しかった。帰ったら手入れをしよう、とセアラは思った。きっと本来の輝きを取り戻すだろう。

帰ったら……。

また、涙がこみあげてきた。マーカスが用意してくれた食卓につき、声をかけられて初めて彼に見つめられていることに気がついた。

「食べなさい」

セアラは素直にトーストに手を伸ばした。「おいしいわ。ありがとう、わたしのために」

マーカスは自分の皿には手をつけず、じっとセアラを見つめていた。「ぼくのことは、どこで聞いた？」

セアラは首を振った。「話しても信じてもらえっこないもの」

「とにかく話してごらんよ。廃業して二年以上になるからね。病院まで一キロ足らずなのにわざわざぼくのところによこすなんて、いったいどこの物好きのしわざかな？」

「人に紹介されて来たわけじゃないの」彼女はマーカスの目を見た。

「だったらどうして？」見つめ返してくる彼の目は、真剣で、鋭く、困惑している。「それに、どうやって家の中に入った？　ドアには全部鍵がかかっていたはずなのに」

セアラの目にまたも涙の粒がもりあがり、彼女はもう一度首を振った。「知らないわ」

マーカスは彼女の手を取った。「いや、きみは知っているはずだ。話してごらん。きみはいったい誰で、どうやってここに入った？」

「名前はセアラ・ラインハート……。何もかもばかげているの。つじつまだってまるで合わないわ。でも、実際に起こってしまったのよ」

「だから、何が？」

セアラは大きく息を吸い込み、ただ事実を言う以外にないと観念した。「タイムトラベルを信じる？」

マーカスは握っていた手を離した。「なんだって？」

「マーカス、わたしはここの人間じゃないのよ……この時代の人間じゃ。カメラを見つけたの。あなたが写真に写っていて、変な衝撃も感じたし、何が起こるかわからなかったけれど、わたしは……」

マーカスの表情に気づくと、言葉はとぎれてしまった。顔を見れば考えていることはわかる――気をつけろよ、この子はまだ治っていないぞ。

静かにマーカスは言った。「まだ、ちょっと混乱が残ってるようだね。どうかな?」

セアラはうなずいた。混乱なんてちっともしていないけれど、ほかにしかたがない。

「もうしばらくここにいられるかい?　もうちょっと様子を見てから帰ったほうがいいと思うんだ」

「本当に帰れるのかしらね」あらためて涙がこみあげた。

「どうしてそんなことを言うんだ。いったいどんなトラブルを抱えてる?」

深く息を吸い込むと、骨の髄までしみるような気がした。「わからないわ、マーカス。本当にわからないの」

マーカスはセアラの手を握り、何年も忘れていたぬくもりを彼女の心に送り込んだ。

「いたいだけここにいなさい。きみが話したくなったら、ぼくはいつでも聞くから」

彼の理解と言葉の温かさが甘い蜂蜜のように心にしみ入り、セアラはわっと泣き出した。

食事のほうはあまり進まなかった。体調のせいではなく、何しろこれまで彼女の思いをすべて占領していた人が目の前にいるのだ。ときおり上目使いにしては様子を盗み見た。トーストを口に運び、かじるマーカス。目は春の空の色のような淡いブルー。しかしそこには暗い影が、老いてからの瞳にセアラが見たのと同じ寂しさが宿っていた。髪はくしゃ

る。触れてみたら、どんな感じがするだろう。唇を寄せてみたら……。

の下にくまができていて、それが顔全体のイメージを暗くしていた。髭《ひげ》も伸びかかってい

くしゃで散髪に行く必要がある。そしてパーティーの写真に写っていた顔と同じように目の下にくまができていて、それが顔全体のイメージを暗くしていた。髭《ひげ》も伸びかかっている。触れてみたら、どんな感じがするだろう。唇を寄せてみたら……。

あごはすてきだわ、とセアラは思った。強そうなあご。そして顔全体から、高い品性と、それにあまりある深い思いやりの心がにじみ出ている。だが、いちばん顕著なのは高潔さだ。揺るぐことのない高潔さ。白黒ははっきり、灰色が許せない潔癖さ。セアラがどうやってやってきたか、その過程を納得できない潔癖さ。

彼のシャツのボタンは半分くらいまで開いていて、そこからのぞいている胸毛におおわれた胸を、マーカスは親指でかいた。巻き毛は喉の下あたりまで続いていた。さわり心地はどんなかしら。ふわふわした感じ？　それとも……。

マーカスの顔に笑みがのぞいた。「Tシャツが濡れちゃったな」

セアラが目を落とすと、洗い髪のしずくでかなりTシャツの前が濡れ、胸のふくらみを目立たせていた。あわてて胸の前で腕を交差させた。顔が熱いということは、きっと赤くなっているのだろう。

だからカレンにいつも言われるのだ。〝何を考えてるのかすぐわかるわ。だって、顔にみんな色鮮やかに出ちゃうんですものね！〟

「ドライヤーがないんだもの……」

「何がないって？」

「ううん。つまりね、女の人たちは普通、濡れた髪をどうするのかなと思って」

マーカスは怪訝な顔をした。「あの、おかまみたいなものに入るんじゃないのかい？」

セアラは微笑した。「この家には、まさかないわよね？」

予想外の大笑いが返ってきた。「悪いね。ぼくは美容学校をドロップアウトして医者になったんだ」

セアラも笑い声をあげていた。「なのに、どうしてお医者さんもドロップアウトしちゃったの？」

笑みは消え、彼は皿に目を落とした。「ぼくの仕事じゃなかったからだ」

セアラはマーカスから目を離さなかった。「どうして？」

「どうしてもだ」彼はさっと立ちあがり、皿を台所に運んだ。

セアラは取り残され、寒々とした気分を噛《か》みしめた。わたしは境界線を越えたのだ。相手が話したくないことを、ほじくろうとした。

セアラも自分の皿を台所に持っていった。電化製品で欠けているものがあるほかは、驚くほど彼女の台所にそっくりだった。

「ごめんなさい」と、後ろから声をかけた。

マーカスは食べ残しをこすり捨て、皿を流しに置いた。「何が？」

「詮索《せんさく》したりして。よけいなお世話よね」

「気にしなくていい」

彼は皿を受け取り、同じようにごみを捨て、流しに置いた。そうして水をため、洗剤を加えて食器を洗い始めた。

「わたしにさせて。こんなにいろいろしてもらったし、疲れたでしょう?」

「それじゃ、ぼくが洗うから拭いてくれ」

マーカスが洗った食器をセアラは拭き始めた。隣にいると、男の熱を、活力に満ちた男のにおいを感じた。そしていったんそれを意識してしまうと部屋じゅうに熱気がこもって、感じたことのない何かがあたりに満ち満ちていくような気がした。Tシャツの下に何も着ていないことを、セアラはふいに、猛烈に意識した。

「わたしのネグリジェ、乾いたかしら……」

最後の皿を洗い終え、マーカスは手を拭いた。「まだだろうね。しっかり水洗いしたから、もう数時間はかかると思うよ」そして笑みを浮かべて、セアラの姿を見つめた。「ぼくの服を着てるのがいやなのかい? ぼくが着るより、ずっと似合ってると思うけどな」

セアラもほほ笑んだ。「ちっともいやなんかじゃないわ」

つかの間、ふたりの視線がからみあい、セアラの心臓はどんな打楽器奏者でも追いつかないくらいの速さで打ち始めた。

あなたは自分の力に気づいてる？　あなたといると口の中がからからに乾いて、心臓がハンマーのように打ち、そして太腿の間が痛いくらいに……。

彼がいちばん最近女の人を抱いたのはいつだろう？　そして、わたしのほうはいつだった？

マーカスが大きく胸をふくらませて、息を吸い込んだ。「きみの正体は知らないけどね、セアラ・ラインハート、でもきみは……ああ、何てきれいなんだ」

恐怖という名の壁が、いまや完全に溶け落ちようとしていた。彼女の体内が熱く溶けた蝋《ろう》と化し、血が血管を流れるように体じゅうを駆けめぐる。

「わたし、どのくらいここにいられるかわからないの。ずっといられるかもしれないし、たったの数分かも……」

「しばらくいたらいいじゃないか」

マーカスはだんだん顔を下げ、セアラは自分の体がだんだん浮かびあがっていくような気がした。足は床についたままなのに、羽があるみたいに。

「あなたのことを知りたいわ、マーカス。あなたのことを何もかも」

マーカスの手がそっと彼女の頬に伸び、次の瞬間、ふたりの唇は完璧《かんぺき》に重なりあっていた。彼の舌が彼女を求め、からみ、踊り、味わい、翻弄《ほんろう》し、セアラはいつの間にかつま先立ちになって、彼の首にしっかり腕を巻きつけていた。

マーカスの髪はやわらかく、羽根のようにセアラの指の間をすり抜けた。髪に両手を差し入れると彼はかすかに頭を揺らし、マッサージのような愛撫《あいぶ》の中でうっとりと息を吐き出した。

背中をすべりおりてきた彼の手が、ぐいっとセアラの腰を引き寄せた。興奮した様子がズボンを通して伝わってくる。セアラは鋭い刺激に身を貫かれながら、同時に自分の持つ力に酔いしれた。だがマーカスにも、セアラの思考ばかりか、気持ちさえも意のままにしてしまう強い力があった。

セアラの頭の片隅で、だめよ、ともうひとりの自分が抵抗した。よく知りもしない人とベッドを共にするなんてだめ。そんなことをするような女じゃなかったはずでしょう？　でも、もしこれが最後のチャンスだったら？　もう二度と彼に会えないのだとしたら？

今の、この瞬間のすべてが夢のようだった。そして夢の中ではいつもそうであるように、たちまち疑念はなりを潜めた。彼の手がセアラのTシャツの下にもぐり込み、ヒップの丸みをなぞり、やがて三角形の茂みに戯れてきたとき、セアラは着ているものを脱ぎ捨てて、彼のシャツも脱がして、裸の胸を彼の胸に押しつけたいと思った。

そんな心を読んだのか、あるいは熱い潤いがそれを伝えたのか、マーカスはすぐに彼女を抱きあげ、寝室に運んだ。

そのまま着ているものを引きちぎってほしかった。自分の衣服もかなぐり捨て、この狂おしさに匹敵するほどの獰猛《どうもう》さで彼に抱いてほしかった。しかしマーカスはセアラを床におろすと、煙ったブルーの瞳でじっと彼女を見つめた。心に彼の刻印が刻みつけられていくのがわかる。

「弱みにつけ込むようなことはしたくないんだ」重い息を吐きながらマーカスは言った。

「つけ込んでなんかいないわ」

「でも、ほんの数時間前まできみはひどい病気だったし、まだ――」

彼の唇にセアラは指先を触れた。「大切なのは今だけよ。わたし、今を逃したくないの」

マーカスはもう一度激しく唇を重ねてからシャツを頭から脱ぎ捨て、セアラも着ているものを床にすべり落とした。

マーカスの喉からうめくような低い声が漏れた。そして、ゆっくりと伸ばされた手が彼女の胸のふくらみに触れ、おなかをかすめ、ヒップへ移る。「ああ……本当にきれいだ」

「あなたもよ」

彼はもう一度セアラを抱きあげ、そっとベッドに横たえた。ズボンを脱ぎ捨て、体を重ねてくるマーカスの下で、セアラは自分の時代にも経験したことのない満足感を味わっていた。互いにこの人だと思えるような、絶対的な一体感だった。

ジミーとカレンが見つけ出したのも、きっとこの感覚なのだろう。遥《はる》かなる旅をしてようやく見つけたものを、セアラは二度と失いたくなかった。そのために、たとえ自分の世界を全部犠牲にすることになったとしても。

ふたりはすべてを忘れて求めあい、やがて突き砕かれるような歓喜の極みにのぼりつめた。それは快楽と呼ぶにはあまりに狂おしく、ふたりに襲いかかる興奮の波は、永久にその渦の中にふたりを巻き込んでしまいそうだった。

ふたたび息ができるようになるとマーカスはすぐに片肘をついて、セアラの顔をのぞき込んだ。「教えてくれ、セアラ、きみはどこから来た？　まだぼくに言えないかい？」

セアラは彼の顔に手を伸ばし、手のひらであごのざらざらとした感触を楽しんだ。「わたしを信じようと努力するって約束してくれる？　たとえどんな突拍子もないことを言っても」

「約束する」

大きく深呼吸をして、セアラは適切な言葉を探し始めた。「一週間前、わたしが仕事で……」

〝セアラ！　セアラ、どこにいるの？〟

遠いかなたから声が聞こえたような、潜在意識の中と外で声が反響したような感じがして、セアラは耳を澄ました。きょろきょろあたりを見まわしていると、もう一度カレンの声が呼んだ。

〝セアラ！　いるんでしょう？〟

「セアラ……」今度はマーカスが呼んだ。はっとセアラは向き直ったが、そうするうちにも自分の体が彼から離れていくのがわかった。マーカスの時代を離れ、妹の声のするほうに引っ張られていく。それを自分でどうすることもできないのだ。

「マーカス……」

ふたりの手はするりと離れ、セアラの体は消え始めた。マーカスの顔が恐怖におののくのをセアラは見た。ふいに全身から力が抜け、たちまち頭がぐるぐるまわり出した。

「セアラ！」

マーカスが叫んでもむだだった。彼の声はカレンの声を消すことはできない。そしてカレンの声だけが、セアラを連れ戻す力を持っているのだ。

セアラは目を閉じ、双子の妹の声に身をゆだねた。彼女は闇にのまれた。

行ってしまった。

5

彼女がいたはずの場所を、マーカスは茫然《ぼうぜん》と見つめた。何も身につけずに美しく横たわった彼女を見つめ、彼女に触れ、そして彼女の話に耳を傾けた場所を。香りはまだ残っていた。このシーツの上にも、自分の肌にも。

夢なんかじゃない、本当にいたんだ。マーカスは心の中で叫んだ。それでも消えてしまった。まるで空気に溶け込む幽霊のように。

そんなに長旅だったのかい？

何十年もよ……。

寒気がして、マーカスはかぶりを振った。まさかそんなことがあるはずがない。セアラが消える直前に言おうとしていたことにも、マーカスはまともに向きあうことができなかった。

とうとうおかしくなったか。来る日も来る日もこの陰気な暗い家に閉じこもり、自分を慰めるには逆に自分を責め続けるしかなく、救うことのできなかった男たちと、今なおその顔が脳裏に焼きついて離れない子供の、安らぐことのない魂と暮らす日々。

昔、患者にこういう症状は見たことがある。ひとりでは対処しきれない痛切な悲しみにつかまると、人は気がどうかしてしまうか、自ら命を絶つか、あるいはその両方か……。

ぼくもついにおかしくなったのだ、とマーカスは思った。これは病んだ精神のなせる業なのだ。登場するのは美しい女性たち。助けてと救いを求められ、手をさしのべても最後の瞬間にすっと姿を消してしまう。

そうに決まっている。彼女は本当にここにいたわけではなく、心の仕立てあげた像にすぎない。それがはっきり見え、対処することができる限り、完全におかしくなってしまったわけではなさそうだ。今はとにかく、彼女が実在していなかったことをきちんと認識すること。そのうえで、自分を取り戻す方法を探ることだ。

震えながらマーカスは乱れたベッドをおりた。記憶はあまりに濃厚で甘美で、夢だったとはどうしても思いたくなかったが、それが現実なのだ。

ベッドの脇《わき》には、彼女を徹夜で看病したときの椅子がそのままあった。床には濡《ぬ》れたシーツ。しかしそれは、夢に対して自分がとった行動が事実であったというだけで、ほかには何も証明していない。セアラがここにいたことを証明するものは何もないのだ。朝食の皿が一枚多く洗ってあろうが、シャワーの下が濡れていようが、枕《まくら》がくしゃくしゃであろうが。

でも、ネグリジェは?

それはまだ椅子にかかっていた。湿り気を残したまま、甘やかに軽やかにそこにかかるネグリジェは、まぎれもなく彼女のものだ。この家に彼女が来る前にはなかった。それがなぜ今はあるのか?

彼女が本当にここにいたのでない限り、ひどい熱にうなされ、けれどたちまち治ってしまったことも事実でない限り、どう考えたって説明がつかないではないか。

タイムトラベルを信じる……?

マーカスはネグリジェをつかみ取り、顔に押しつけた。その中にあったはずの彼女のぬくもりを思い出したかった。

前に祈ったのがいつのことだったか、神の存在さえ忘れかけていたのに、彼はひざまずき、祈った。どうか自分が正気でありますように。彼女が想像の産物では決してなく、そして、ああ神よ、どうかもう一度だけ彼女に会わせてください……。

もしもタイムトラベルなどというものが本当に可能で、本当にそうやって彼女が旅してきたなら、もう一度来ることだって可能なはずだ。でも、もし無理だったら? いったい何年待てば彼女にもう一度会えるのだろう。

何年も……。マーカスの頭の片隅で答える声があった。そう、何年も待つことになるのかもしれない。

〝何十年もよ〟

それでも、マーカスは決意していた。何としてでも、必ずもう一度セアラ・ラインハートに会う。そのために、たとえ一生待つことになったとしても。


世界がぐるぐるまわり、その正体を見極めるため目を開けようとすると胃がむかついた。顔に何か固定され、人が群がって体を持ちあげられ、腕に何か突き刺されたかと思うと、いきなりぐいっと体が動かされる。「ああ、セアラ……」

ふたたび聞こえてきたカレンの声のほうに顔を向け、目を開けると、顔がぼんやり浮かんできた。泣きながらカレンは手を伸ばしてきたが、誰かが彼女を遠ざけた。

「カレン……」自分の声の弱さに、セアラは愕然《がくぜん》とした。

「ここにいるわよ、セアラ。これから病院に行くの。すぐによくなるからね」

そう言うカレンの顔は、とてもそう信じているようには見えなかった。めまいがひどくなって、セアラはまた目を閉じた。胃の中をかきまぜられているみたいにむかつき、頭痛がし、体じゅうの筋肉がずきずき痛む。

自分の体を、いったいどれだけ痛めつけてしまったのだろうと、おぼろげな意識の中でセアラは考えた。この間みたいに、また簡単に治ってくれるだろうか。

救急車に運び込まれるのが気配でわかり、まわりじゅうで知らない人間の声がし、薄目を開けるとカレンが隣に乗り込んでくるのが見えた。妹の顔を見上げて、セアラは安心させる言葉を探した――ちょっとタイムトラベルしてきたせいだから、心配しないで。二、三時間できっとよくなるわ。

けれど、そんなことを言おうものならカレンはますます震えあがり、今度は精神科病棟に入れようとするだろう。まったくどうかしている。すべてがあんまり現実離れしていて、とても打ち明けられる話ではない。こんな話を、いったい誰が信じるだろう。自分ですら信じられないのに。

救急車が動き出し、セアラは目を閉じた。高熱で朦朧《もうろう》とした意識が、しばらくは平和を与えてくれそうだ。

病院のベッドで目を覚ますと、腕には点滴の針、鼻には酸素吸入のチューブが差し込まれていた。カレンがまだ付き添ってくれている。

ふいに襲ってきた吐き気に、セアラはあわてて起きあがり、ベッドの脇の洗面器をつかんだ。吐き終わるまで、カレンが横からじっとそれを支え、やがてセアラは枕に頭を戻した。

「どう？　少しは気分がよくなった？」

「いつと比べて？」

「わたしが最初に見つけたときと比べてよ」セアラが何も言わずにまた目を閉じてしまうと、カレンはその額に手をあてた。「ああ、わたし、本当に怖かった。だってあなたの家に入って、あなたのこと呼んだら、急にどすんって寝室のほうで大きな音がしたのよ。ベッドから落ちたの？　それとも気を失って？」

「さあ」

「それにね、セアラ、まったく何も着ていなかったのよ。燃えるような熱で、ひきつけを起こしたみたいになって。ああ、あれほど怖かったことってないわ。もしあのときわたしがあなたの家に行かなかったら、どういうことになってたかと思うと……」

この嘘《うそ》のような現実を受け止めるすべを、セアラは探しあぐねていた。カレンの声がわたしを引き戻したのだろうか。そんなに単純な話なの？

それに、ああ、あと少しだけマーカスと過ごす時間があったら……。ほんの少しでいい。ただ、彼の優しさに、称賛の言葉に、もう少し身をゆだねていたかった。彼はまるで爽《さわ》やかな風のようにわたしを扱ってくれた。わたしがまるで、彼の悩める心の救世主であるみたいに。

マーカスはセアラを必要とし、そしてまったく同じようにセアラもマーカスを求めていた。そうとはいえ、自分がまだ生まれてもいない時代に出会った人を求めるとは、何と皮肉なことだろう。何と悲しいことだろう。

それでも、わたしはできる限り早く彼のもとへ戻る。セアラにはそれがわかっていた。

「うちに帰りたい」小声でセアラはささやいた。

カレンは首を振った。「まだ無理よ。先生がね、いろいろな検査をしてくださってるの。どこが悪いのか、きっとすぐに見つかるわ」

「何も見つからないわよ。数時間すればどうせ治っちゃうんだから」

「どうしてそんなことがわかるの？　自分の病気のひどさがわかってないんだわ」

「まあ、見てて。まるで何事もなかったみたいな顔をして帰れるようになるから。ただ、数時間は辛抱しないとね」

「そんなこと、わたしがさせないわよ。さあ、わからないこと言わないで。心配するのもあなたを愛すればこそなんだから」

「愛なんて比較の上に成り立つものよ」力なくつぶやきながら、セアラはふたたびうとうと目を閉じた。「時間と同じように……」

セアラの予言どおり、病は訪れたのと同じ早さでたちまち去っていった。ジミーが持ってきてくれた服に着替えたセアラは、今夜は自分のベッドで寝ると言い張った。診断のしようのない医師団はウイルス感染ということでけりをつけ、それも完治したとの診断が出た。

もうすっかり大丈夫だからと言っても、カレンはなかなかきかなかった。だが、最後にはようやく折れて、セアラは自分の家に帰った。そしてやっとひとりになれたその晩、部屋から部屋へと家の中を歩きながら、自分の身に起こったことをもう一度冷静に思い起こした。マーカス・スティーヴンズと会い、恋に落ち、ベッドを共にした。

どんなに体を傷つけることになろうとも、何とかもう一度マーカスに会いに行かなければ……。

ふたりが愛しあった部屋のベッドにひとり横たわっていると、始めてしまった恋に、あまりにはかなかった出会いに、涙がいっぱいにこみあげた。そしてまどろみが忍び寄るころ、始めてしまったのならきちんと終わらせなければ、とセアラは決意していた。さもなければ、マーカスは生涯わたしを探し続けることになる。そしてようやく見つけても、ほほ笑みさえ交わしあう前に死んでしまうのだ。

そんなことは、とうてい耐えられない。

玄関のベルが、うつらうつらしていたマーカスを現実の世界に引き戻し、彼はふいに希望に胸をときめかせた。

セアラかもしれない！　おかしくなっていたのは彼女が消えたと思った部分だけで、彼女自身はきっと本物だったのだ。ドアの向こうに彼女が立っていたらどうしよう？　何を説明してくれようがしてくれまいが、とにかく永遠を分かちあった恋人どうしみたいに、彼女がこの腕の中に飛び込んできたら……？

マーカスは玄関に飛んでいき、ドアを開け放した。が、ジーン・フェアを迎えることになっただけだった。ひどくがっくりし、ドアから離れたマーカスの顔じゅうに落胆が刻み込まれた。

「まいったな。何てざまだ、マーカス」

マーカスは居間に入り、どすんとソファに座り込むと両手で顔をおおった。ジーンは後ろ手に戸を閉め、彼の隣に来て腰をおろした。

「おまえがくたばって、腐っちまってるんじゃないかと思って見に来たんだよ」

「何の用だ？」

「そうだったらどうする？」

「まあ、残骸《ざんがい》の後始末をして、家を売りに出すだろうね」

マーカスの視線が悪友に飛ぶと、悪友はにやりと笑い返した。

「つまりは、いい加減に元のおまえさんに戻ってくれってことさ。病院はおまえを求めている」

「それは残念だな。ぼくは医学に未練はないんだ。言っただろう？」

「そんなはずがあるもんか」ジーンは立ちあがり、部屋の中を歩いた。ローファーの踵《かかと》が床板に小気味のいい音をたてる。「マーカス、医学部時代はおれを応援してくれたよな。覚えてるか、クリスマス休暇に、おれがもう大学には戻らないって言ったときのこと。人が勉強しても意味がないって言ってるのに、おまえだったよな、おれを文字どおり大学に引っ張り戻して最後までやり通させたのは」

「くだらない理由でやめたがってたからだよ。ベティー何とか嬢にのぼせあがって、アパートに入り浸りで」

ジーンはしばし黙りこくって、キャリアをなげうつ原因となりかけた女性に思いをはせた。「そうだったな。いや、そのくらいの価値はあったんだよ。あんなオーボエ奏者に夢中になって、腹をふくらまされる前までは」勝手にしやがれとでもいうふうに、ジーンは肩をすくめた。「それだけじゃないぞ。まだおれたちが研修医だったころ、四十時間もぶっ続けで働かされて、おまえはどうでも、おれは死んじまうと思った。それで、こんなにまでして医者になる価値があるのかっておれが匙《さじ》を投げそうになると、おまえは決まって言ったんだ。いつかは笑えるときが来るってね」ジーンはマーカスに顔を近づけた。「そのおまえが何で笑ってないんだ?」

おもしろくもなさそうに、マーカスは悪友を見返した。「四十時間シフトよりもっとひどいことが世の中にはあるからさ」

「おれは、朝鮮半島でのおまえの体験を軽く見るつもりはない。ただ、それがどんなものであったにせよ、何もかもを捨てなきゃならない道理はないと思うんだ。だいいち、どうやって生活していくつもりだ？」

マーカスは髪をかきあげ、その手をあごにすべらせた。セアラが触れたあご。あんなに優しく、軽やかに……。「さあて。研究でもするかな」

「研究？　おまえは外科医だぞ。そんなに簡単にやめられるもんか！」

「まあ見ててくれよ」

「ふん」ジーンはふたたびどさっとソファに座り込み、あたりを見渡した。「ビールか何かないか」

「ない」

「ない？　自分は二週間飲み続けみたいな顔してて、この家には酒が一滴もないって言うのか？」

「ないものはない」

「だったらどうして二日酔いの絶頂みたいな顔をしてるんだ？　この前会ったときより、さらにひどい形相じゃないか」

マーカスはきらりと目を光らせ、それを宙に泳がせた。「よく眠れないんだ。夢を見てね……」

「どんな？　セックスの？」

マーカスはためらいがちに笑ってみせた。「まあな、フロイト博士」

「いいぞ！　だったらおれにまかせとけ。女は出てきたか？」

「ああ……」甘いささやきのように声は漏れ、目はふたたび空を見つめている。

「ようし、だんだんわかってきた。相手は映画スターか。オードリー・ヘップバーン？

いや、エリザベス・テイラーだな。実はこのおれも、ときどき激しい夢を見てね。ほら、
ロサンゼルスに行ったとき、一度彼女に会ってるから。まったく、あの瞳ときたら！」

「映画スターじゃないんだ。本物の女性だよ、血の通った」

「リズは血が通ってないって言い草だが、まあ、いいさ。で、知ってる子かい？」

マーカスはちょっと考え、やがてつぶやいた。「ああ」

「だったらこんなところで何してる？　電話して誘い出せよ」

「だめなんだ」マーカスは立ちあがり、窓に向かった。何週間もカーテンを開けていない
ので彼の砦《とりで》にはずっと光があたっていない。久しぶりに開けてやろうかと思ったのだが、
暗いほうが気が休まると思い直した。

「何だい、おれに取り持ってほしいのか。名前を教えろよ、おれが――」

「いいから、黙っててくれよ！」ジーンの驚きを見るや、マーカスは口調を和らげた。

「だから、おまえが考えているようなこととは違うんだ。ただの……夢なのさ」

「わかったよ。悪かったな」

窓に寄りかかって部屋を見渡すと、マーカスはふいにセアラのいないこの家のわびしさを思い知らされた。寂しさとは生き物のようなもので、胸をじわじわと締めつけてくる。けれど同時に、常習者が麻薬を求めるように、彼を引きつけてやまないものでもあった。

「とにかく寄ってくれてありがとう、ジーン。でも心配は無用さ。ちょっとひとりの時間が必要なだけだから」

「それを、おまえは外地から戻って以来ずっとやってるんだぞ。本当はそれがいちばん必要ないってことが、どうしてわからないかな。必要なのは生きがいだよ。でも、家に閉じこもったきりじゃ、それを見つけるのも無理だろうがね。空から降ってくるようなものじゃないんだ」

マーカスの瞳にふたたび輝きが戻った。「おまえなんか、ただ驚くだけだろうね、ジーン。空からどんなものが降ってくるやら、おまえにはきっと想像もつかないよ」

6

それから数日。次の旅にそなえてジョギングとトレーニングを始めたセアラの心には、かつて味わったことのないほどせつない思いが根をおろしていた。体はどんなに痛めつけられようと、とにかくやり通さなければならないことがあった。ふたりが始めてしまったことに終止符を打つ。老いたマーカスが車の前に飛び出して完結する、その最後の場面を迎えないために。

マーカスは死んだ。そう思うと悲しみの波に心がもまれるような気がした。まだ、きちんと会いさえしないうちに、彼は死んでしまった。セアラに運命を変えるチャンスさえ与えてくれずに。

でも、今はそれが与えられているのだ。

家から一キロ半の、今では廃墟《はいきょ》と化した教会の前を通り過ぎ、セアラはさらに走り続けた。目に涙が浮かんでくる。彼にあんな運命を繰り返させてはだめ。あんな衝撃的な一瞬の出会い。そして、ただその女性を探し出すだけのために一生を使ってしまうなんて。彼はいったいどんな人生を送っていたのだろう。わたしが生まれ、成長するのを、本当に待っていたのだろうか。

ふとセアラの脳裏に、幼い日のある光景がよみがえった。伯父と伯母に連れられて行った公園で、カレンとふたりでせがんで風船を買ってもらった。飛ばないようにとカレンは素直に手首に糸を結んでもらったのに、セアラは自分で持っていると強情を張り、頭上に跳ねる風船を振り仰ぎながら公園中を走りまわった。すぐにでも風船が大空に自分を連れていってくれるような気がして、はしゃぎ、笑いながら。

あのときの人……。橋の上で、セアラは思わず足を止めた。あのとき、笑いながらセアラを見守っていた男がいた。もっとも、風船の糸が手をすり抜けていってしまうまで、小さなセアラは気づきもしなかったのだが。

命と同じくらい大切なものを奪われたような悲鳴をあげたのをセアラは覚えている。けれどその人がすかさず糸をつかみ、さっと英雄みたいにセアラの前に風船を取り戻してくれた。男はしゃがみ、セアラの手首に糸を結んで言った。〝さあ、これで大丈夫〟

あれはマーカスだったのだ。セアラはその場に立ちつくしたまま、目の前に広がっていく記憶の空間を見つめた。彼はわたしが大人になるまで待ってはいなかった。ずっと見ていたのだ。

涙を拭《ぬぐ》って橋の手すりに寄りかかり、川の流れを見つめた。

車の音がしたと思うと、カレンの声が聞こえてきた。「セアラ、どうかしたの、大丈夫？」

セアラは振り返り、もう一度涙を拭った。「ああ、カレン。別に何も」

「うちに来るところだった？」

「ええ」

カレンは車を寄せ、助手席のドアを開けた。「乗って」

「ううん。ジョギングしてたのよ。体を鍛えなくちゃ」

「何言ってるの。つい二、三日前は病院にいたのよ。さあ、乗って」

走るのはあとでもできると、セアラは車に乗った。顔に吹きかかる冷房の風に思わず目を細める。

「いったいどういう風の吹き回し？　ジョギングなんて大嫌いなくせに。子供のころから、いつもずるばっかりしてた人が」

「病気になってみて、自分の運動不足をつくづく思い知らされたのよ」セアラは前方の光景をじっと見つめていたが、ふと思い出したようにカレンの方を向いた。「ねえ、ききたいことがあるんだけど」

「何？」

「昔、公園に行って、ふたりで風船を買ってもらって、わたしのが飛んでいっちゃったときのこと覚えてない?」

カレンは少し考えた。「そう言われてもね。風船は何度も買ってもらったし、セアラが飛ばすのもいつものことだから。イーディス伯母さんが手首に結んでくれるって言っても、あなた、絶対にきかないんだもの」

「そうなのよ。でもそのときはね、知らない男の人がさっと糸をつかんで、わたしの手首に結わえてくれたの。覚えてない?」

「男の人って?」

「ただの男の人よ。どう、思い出した?」

「ううん。でも、ウィル伯父さんとふたりで、あなたをからかったときのことは覚えてるわよ。伯父さんが、大変だ、カレンが風船に連れていかれちゃう、なんて騒いで――」

「そのときのことじゃなくて」セアラはいらいらとさえぎった。「わたしが言ってるのは別の話よ」

「そう、ごめんなさい。だったら覚えてないわ」

セアラは力なく背もたれに寄りかかり、それからカレンが自宅の車寄せに車を入れるまで、ひと言も口をきかなかった。

マーカスははっと飛び起きた。彼をとらえて離さない夢に全身が汗をかき、どくどくと心臓が脈打っていた。

どさっという音が聞こえたのだ。

けれど、耳を澄ますともう何も聞こえない。マーカスは布団をはがして起きあがり、家じゅうを見てまわった。セアラが現れるのを待っていた。彼女の声を。あのどさっという音を。

しかし、闇《やみ》はただの闇。そして、静寂を妨げるものも何もない。

ここには誰もいない。

それでも諦《あきら》めきれないマーカスは屋根裏部屋への階段を引っ張り出し、そこへあがって電灯の紐《ひも》を引いた。

少し埃《ほこり》っぽく、かび臭かったが、先月ここにあげたアームチェアはマーカスを呼んでいるようだった。腰をかがめて椅子のところまで進み、座って窓の外を見ると、家々の玄関ポーチの明かりがずっと遠くまで見渡せた。

ここからの眺めが、この家ではいちばんよかった。だからこそここを自分の部屋にし、下は人に貸して生活費の足しにしようとも考えたのだが、最初のひと組が下見に来た瞬間に思い直した。耐えられるはずがなかった。彼には孤独が必要で、それは屋根裏部屋にこもったところで得られるものではないのだ。

だが、今こうして人気《ひとけ》のない寂しい通りを眺めていると、孤独なんかまっぴらだという気分になってくる。セアラを見つける前に聞いたあのどすんという音を、また聞きたかった。床に倒れていた彼女を見つけたときのあの音を。

突然の物音に、マーカスは飛びあがった。目の前をねずみが駆け抜けていく。それだけのことさ。彼の心はしぼんだ。ねずみがただ積みあげておいた本にぶつかり、一冊ずり落ちただけのこと。女性が落ちてきたわけじゃない。セアラじゃない。今度はいつ彼女に会えるのだろう。いや、はたして会えるときが来るのだろうか。惨めな不安が、マーカスの心の中で影を濃くしていた。

五年生のときのバレエの発表会。

浅い眠りから突然目覚めたセアラはベッドに起きあがり、胸をどきどきいわせながら暗闇を見つめた。マーカスがいた。今、思い出したわ！

その発表会ではソロの踊りが与えられ、出来もとてもよかった。最後に舞台の前に出ていって膝を折ってお辞儀をすると、観客はさかんに拍手を送り、口笛を鳴らした。

そしてようやく幕がおりて、舞台の袖《そで》に戻っていったとき、彼がいたのだ。子供を祝福する親たちに交じって、セアラを迎えてくれたのは彼ひとりだった。

そのときにもらった真っ白な薔薇《ばら》の花を、セアラはよく覚えている。スターには何か美しいものをプレゼントしなくちゃと思ってね、と曇ったような優しい瞳で彼はほほ笑んだ。

あんまり驚いたのとうれしかったのとで、きちんとお礼を言ったかどうかもわからない。ただ花に顔を寄せ、目を閉じてうっとりと甘い香りを吸い込んで、そして目を開けると、彼はもう背中を向けて踊り子たちの間を帰っていくところだった。

あれはマーカスだった。意識のいちばん深いところで、セアラは今それを確信していた。おそらく彼はほかの場面でも、何度も何度もわたしを見ていたのだろう。ただ、セアラのほうに気づくきっかけがなかっただけで。

「マーカス、きっとあなたのもとへ帰るわね」セアラの目を、ふたたび涙がちくちく刺していた。「あなたに少女の成長を見て人生を過ごさせるようなまねは、もう決してさせないわ」

枕《まくら》に頭を戻し、セアラはもう一度薔薇の花をくれた男の人の夢を見ようとした。風船をつかまえてくれた人、彼女を抱きしめ、その胸で泣かせてくれた人の夢を。

明日……。眠りに連れ去られる直前にセアラは思った。明日、マーカスに会いに行こう。

翌朝いちばんにセアラがしたことは、カレンに電話をかけて、これからの不在期間のアリバイ工作をすることだった。「〈ビル・ブラス〉のサマーコレクションの撮影で、カンクンに行ってくるわ」と、彼女は切り出した。「二、三日で戻れると思うけど、はっきりはわからないの」

「こんなに急に？　そんなこと、ひと言も言ってなかったじゃない」

「ええ。実は撮り直しなの。バミューダで撮った分が気に入ってもらえなくて、だから急遽《きゅうきょ》スケジュールを入れることになってね」

カレンの取る間合いが、嘘《うそ》でしょ、とセアラに伝えてきた。でも、ほかにどう言えばいいのだろう。幼いころから、大事なことはみんなカレンに筒抜けだった。逆も同様だ。カレンがバージンを失ったとき、本人は否定したけれどセアラにはわかっていた。十六のとき、セアラが初めて車をぶつけたときも、カレンはすぐさまそれを察知して現場に駆けつけた。

「そう……で、何日に帰ってくるって言ったっけ？」

これは相手を引っかけようという作戦だ。どうせセアラには通用しないのだが。「だから言ったでしょう、わからないって。仕事の出来しだいですもの。来週の予定はみんな空けたの。念のためだけれどね」

「なるほど」またもや沈黙。「でも、もしまた具合が悪くなったらどうするの？　ぶり返すってこともあるじゃない」

「体は治ったわ、カレン。何度言わせれば気がすむの？」

「心配なものは心配なのよ」

「それじゃカンクンから戻ったら、せいぜい小麦色に日焼けした健康的な姿を見せるようにするわ。二度と心配されないように」

「まあ、いいわ。ゆっくり楽しんできて。カンクンでも、ほかのどこででも」

セアラは苦笑した。カレンはだまされはしなかったけれど心配もしていないから、さっそくわたしを探しに家に来るようなことはしないだろう。ということは、マーカスのところで少しゆっくりできるということだ。カレンの声に連れ戻されるまでは。

「それで連絡を取りたいときはどうすればいい？　まあ、緊急の場合にしか電話しないけど」

「まだどこに泊まるかわからないの」セアラは逃げた。

「それじゃ……何かあったらミックにきけばわかる？」

「え、ええ……もちろん」嘘が喉につかえそうになり、それがカレンに勘づかれていることもセアラにはわかっていた。「わたし、そろそろ荷造りしなくちゃ。帰ってきたらまた電話するから。じゃあ、元気でね、カレン」

「ええ」カレンの声は傷ついていた。のけ者にされたような、何からとははっきり言えないのだが、自分もそれを分かちあいたいのに姉の人生の大切な部分から除外されたような気分を、カレンは味わっていた。「気をつけてね、セアラ」

セアラは受話器を置き、それをじっと見つめた。自分が何をしようとしているのかと思うと、急に不安になっていた。マーカスにまた会って、もしのめり込んでしまったらどうしよう。彼の時代と自分の時代のどちらかを選ばなければならないことになったら？　彼とカレンのどちらかを選ばなくてはいけないようなことになったとしたら？

それに、もしカレンの声が呼び戻してくれなかったら？　マーカスの時代から離れられないまま、カレンにはもう二度と会えない。カレンはわたしを探しまわって、何が起こったのかさえもわからずに絶望に打ちひしがれる。

大丈夫、カレンが呼び戻してくれないはずはないわ。そしてやはり、マーカスのもとからは去ることになるのだ。魂の隙間《すきま》を埋めてくれる存在に急速になりつつある彼のもとからは。

マーカスは彼女の人生のすべてを、いや、まだ生まれる前から愛してくれていた人だ。じっと見守り、成長を待ち、けれどようやく大人になったときには彼のほうが老人になっていた。そして、死んでしまった。

二度と抱きしめてはもらえない。二度と愛しあうことも、彼の声を聞くことも……。そう思うと、セアラは胸をえぐられるような気がした。

彼のもとへ帰らなければ。そして、この流れを断ち切らなければ。変えられるのはわたししかいないのだ。迷っている余裕はない。

ふんわりしたセーターと膝丈のスカートに着替え、一九五〇年代の女性らしく見えるだろうかと鏡に映してみた。悪くない。セアラは覚悟を決め、まだ三脚にセットしたままにしてあったカメラのところへ行き、タイマーを合わせ、スツールに座った。シャッターがおりるまでの不安な数秒、マーカスのことだけを考えようとした。わたしを見つけたときの彼の顔を。わたしを取り戻せたと知ったときの彼の喜びを。

がくん、と衝撃がきて、セアラは床に投げ出された。消えゆく意識を必死で保ちながら、大丈夫、体はすぐよくなるから、と繰り返し念じ続けた。


マーカスがふたたび彼女を見つけたのは、ダイニング・ルームの床の上だった。意識もなく、真っ青な顔をしたセアラを、マーカスはあわてて抱き寄せた。「ああ……戻ってきたのか」

呼吸も不安定だった。マーカスは何カ月も開けていなかった往診用の鞄《かばん》に走り、効くかどうかはともかく、とりあえずアスピリンを注射した。それから氷だ。氷と酸素マスク、感染症に備えてペニシリンと……。

くそっ。本当に必要なのは病院だ。だが病院に連れていって、彼女のことをどう説明すればいいのか。それに、もし家の外に連れ出すことがこの不可思議な現象に何らかの影響を与えて、意識さえ取り戻す前にまたセアラを失うことになってしまったとしたら？

マーカスは居間に駆け込み、ジーンの家に電話をかけた。「ジーン、ぼくだ、マーカスだ」

「ああ。もう夜中だぜ。いったい何事だ?」

「起こしてすまん。だが、緊急なんだ。おまえの助けがいる」

「まかしとけ。で、何をしてほしい?」

「氷を持ってきてほしい。うんとたくさん。それからペニシリンと点滴」

「いったい何の騒ぎだ?」

「いいから……」マーカスは後ろを振り返った。一刻も早くセアラのそばに戻りたかった。

「頼むよ、ジーン。助けてくれるのか、くれないのか」

「まあ、ペニシリンは手元にあるし、氷その他は病院で手に入るからな。どうした、具合でも悪いのか?」

「ぼくじゃなくて、別の人間が」

「だったら病院に連れていけよ」

「だめなんだよ。なあ、頼むから何もきかずに持ってきてくれ。あてにしていいか?」

「もちろんだ。できるだけ早く行く」

電話を切ったマーカスは寝室に飛んで帰り、血の気のないセアラの顔を見つめた。浴室へ行き、ありったけのタオルを水に浸してきて彼女の体をくるんでみたが、熱が高くてたちまちタオルは暖まってしまう。

三十分くらいしたころ、ジーンが玄関口に到着した。台車に氷を六袋のせ、点滴の支柱と、鞄にいっぱい薬を詰めてやって来た。

「ありがとう、恩にきるよ」マーカスは台車を家に押して入った。

「おれに手伝えることはないか」後ろからジーンが声をかけた。「別の意見も聞いたほうがいいんじゃないか」

「いや。すべきことはわかってる」

「医者はやめたのかと思ってたがね」辛辣《しんらつ》な皮肉が飛んできた。

「その話ならまたにしてくれ。今は時間がない」マーカスは玄関を開け、ジーンに帰るようにうながした。「夜中に起こしてすまなかったな。本当に恩にきるよ」

ジーンにできることといえば、いぶかしげに相手を見つめることだけだった。「本当に何も問題ないんだな」

「ああ、心配いらない」

ポーチの階段の手前で、ジーンは振り返った。「何かあったらまた電話しろよ。できることなら何でもするぞ」

「わかった」

友人が階段をおりきるのを待たずに、マーカスは扉を閉めた。氷を寝室に運び、病人を急いで氷づけにし、腕の血管を探って点滴を始める。

あとは彼女がもう一度目を開け、意識を取り戻すのを待つだけだ。そして、二度と腕の間をすり抜けていってしまわないように、固く抱きしめるだけ。

意識は何時間も戻らなかった。マーカスは寝ずに看病を続け、氷を取り替え、タオルを取り替えて何とか熱を下げようとする一方で、ひょっとすると彼女は二度と目を覚まさないのではないかと怯《おび》え続けた。

そしてとうとう目を開けた彼女の前に、よろめくようにマーカスは顔を突き出した。

「セアラ？」

すぐには目の焦点が合わないようだった。マーカスは彼女の髪をそっと後ろへ撫《な》でつけた。額はもうそれほど熱くなかったが、顔色は相変わらず死人のようだった。「マーカス？」

「気分はどうだい？」

「だめ……」体を起こそうとするのだが、まだその力さえない。「気持ちが悪いの」

マーカスが洗面器を置くと、セアラは横向きになって吐いた。彼は静かに髪を撫で、顔を拭《ふ》いてやり、優しい言葉をかけ続けた。

ようやくセアラは枕に頭を戻した。「わたし、どれくらいこうしてるの？」

「五、六時間かな。この前よりずいぶんかかるみたいだね。まだ治りきってないし」

「何だか毎回ひどくなっていくみたい。体が弱るのかしら」

「毎回って？」

セアラは目を閉じ、首を振った。すべてを打ち明けるにはまだ体調も悪く、意識もぼんやりしすぎている。

次に目を覚ましたとき、マーカスの苦悩に満ちた目が見つめていた。これ以上は待つ苦しみに耐えられないと、その目が訴えかけてくるようだった。

「セアラ、教えてほしいんだ」彼はささやいた。「きみは幽霊かい？」

「いいえ」

「それじゃ……神の罰か何かかい？　ぼくに悪業の報いをさせようとして？」

セアラはしかめた顔を、意識を取り戻して以来いちばん力をこめて振った。「いいえ、違うわ」

流れ落ちようとする涙でマーカスの目は赤みを帯び、顔がつらそうに歪《ゆが》んだ。「だったら、いったい全体きみはどこから来たのか、教えてくれよ。なぜぼくを選び、苦しめる？」

セアラの両の目にみるみる涙がこみあげる。彼ときちんと向かいあうためにセアラは起きあがろうとした。マーカスに理解してもらいたかった。もう秘密になんかにはしておけない。時間がどれだけあるのかは知らないが、十分ではあり得ないのだから、今こそすべてを打ち明けようと思った。どんな反応を示されようと、それを受け止めよう。

セアラは咳《せき》ばらいをし、涙を拭った。「あのね、マーカス……ある日、ひとりのお爺《じい》さんに会ったの……」

セアラはすべてを話した。なるべく時間の経過に沿って話したつもりだが、時間の概念そのものがいい加減なのだ。そうすっきりいくはずがなかった。

話が終わったとき、マーカスの顔はセアラと同じくらい青ざめていた。セアラはしばらく間をおくことにした。非現実的な話を受け入れることに苦心している様子のマーカスは、立ちあがって部屋の中を歩き、暖炉にもたれかかり、やがて振り返ると、信じられないといった目でセアラを見つめた。だが、とにかく彼は信じているのだ。

「もしこの話がみんな本当なら」しわがれ声でようやくマーカスは言った。「どうしてきみは戻ってきた？　どれほど体にダメージを与えるか知りながら」

即答を避け、セアラ自身もその理由をじっくり考えてみた。目は彼の目に射すくめられていた。誰の目よりも優しく、寂しく、悲壮な目に。「あなたのことを知りたかったから」

ホールで鳩《はと》時計が午前三時を告げ、オランダ人の女の子の人形がスタッカートの音楽に合わせてくるくるまわった。

マーカスはセアラのもとに戻り、そっと頬に手を伸ばした。「ぼくはそんな話は信じないよ。でも、きみが消えていくのはこの目で見たからね、その部分だけは本当なんだろう」ベッドの脇《わき》に腰をおろし、彼は顔をこすった。

「みんな本当よ、マーカス。こんな話はでっちあげられないわ」

戸惑いの目がセアラを見つめる中、沈黙がまたさざ波のようにふたりの間を流れた。

「つまり、双子の妹さんがきみを呼んだ瞬間にきみの体は消え始め、自分の時代に戻るっていうわけだね？」

「そう。でも、今回は遠くに行くって言ってあるから、何日かは呼ばれる心配はないわ。そのうちに妹がミックに確認して、わたしが嘘をついたことに気づいて、そうしたらうちに来ると思うの。車を見たら、わたしが家にいると思うでしょう？　きっと大声で呼ぶわ。するると、わたしは消えるというわけ」

「つまり、どのくらい時間があるんだろう？」

「わからないわ。こっちのほうが時間の進み方が早いような気もするの。向こうに帰ったら、少なくとも出たときより時間がたっているはずでしょう？　でも、それほどの差はないの」

「ということは、いつまた呼び戻されるかまったくわからないってことだな」

「ええ。せめて、この体調を治す時間があるといいんだけれど」

眉がつながってしまうほど、マーカスは眉根を寄せた。「帰りの旅でも同じようになるのかい？　こんなにひどく？」

「ええ。この間は意識を失っているところをカレンが見つけて、救急車を呼んだの。でも、お医者さんもさっぱり原因がわからなくて、そのうちに治っちゃったわ」

マーカスの顔は恐怖に歪んでいた。「冗談じゃないよ、セアラ。自分のしていることがわからないのかい？　旅をするごとに体は弱っているんだよ。もし次に帰ったとき、誰も見つけてくれなかったらどうするんだ？」

「カレンが見つけるわよ。だいたい妹が呼ばない限り帰れないんですもの。心配しないで、マーカス。大丈夫だから」

「しかし、セアラ、こんなことを何度も続けてはいられないよ。体の組織は毎回少しずつ弱り、そのうちにまったく機能しなくなる」

「だって、ほかにどうすればいいの？」また、涙がこみあげた。「帰ってこないわけにはいかなかったのよ。このまま終わりにしたりできないもの」涙をあふれさせながらセアラは顔を歪め、すがるようにマーカスに両手を伸ばした。マーカスが顔を寄せると震える手でその頬をはさみ、さらに彼女は言った。「わからない、マーカス？　わたしの時代には、あなたはもう死んでしまっているのよ。わたしを見守り、大人になるのを待つことに生涯を費やして、そのあげくに、何の言葉も交わさないうちにあなたは死んでしまったの」

「もっとひどいことだってあるさ」

「何？」その言葉に、セアラは腹さえ立てていた。「言ってみて」

「きみが、今のぼくの年齢にもならないうちに死んでしまうことだよ。わけのわからないこの現象のために」

「わたしは平気よ。もうずいぶんよくなったもの。あと少しですっかり元どおりになるわ」

希望に満ちたセアラの顔を、マーカスはじっと見つめた。あまりに開放的で、生き生きとしていて、いちばん悲観していいはずのときにあまりに楽観的だった。マーカスは彼女の体に腕をまわし、自分の胸に思いきり抱き寄せた。そうしてずっと抱いていると、やがてセアラは寝息をたて始め、たくましい腕に守られた赤ん坊のように眠った。

もし可能なら、残りの人生をすべてここで、こうして彼女を抱いて過ごすだろうに。マーカスはひとりそう思っていた。

7

セアラが次に目を覚ますと今度は気分もよく、マーカスも彼女の頬によみがえった血色と、瞳にきらめく生気にすぐさま目をとめた。

眠そうな目でマーカスを見上げ、彼女はほほ笑んだ。「わたし、まだここにいるのね」

「ああ、いる。きみはまだここにいるんだ」

マーカスはセアラにキスした。それはまるで男性から女性へのキスのお手本のように、甘く、急がず、それでいて噴火寸前の火山のように熱くたぎるものを内に秘めていた。ほんのわずかな刺激でも爆発してしまいそうな。

そして、セアラがその刺激となったのだ。

ふたりの愛の行為は、これが最後と覚悟を決めたふたりの行為のように激しく、せつなかった。二度と会えない。二度と恋をすることもない。生涯かけてようやく見つけた瞬間が今だと、まるでふたりとも確信しているようだった。

そして、氷でなおも湿ったままのシーツの上にぐったりと横たわり、マーカスは彼女の胸のふくらみにそっと手をすべらせた。それからおなかへ、腿へ。「本当にきれいだよ。きみの時代の男たちも、ちゃんとそのことに気づいてるかい？」

セアラは苦笑した。「わたしの時代の男性たちはね、あなたみたいじゃないのよ」

マーカスは肘をついて半身を起こした。「どんなふうなんだい？　聞かせてくれよ」

「そうねえ、元気がないというか……。きっとウーマンリブの影響ね」

「ウーマンリブ？」

「ああ、そうだったわね。まだ数年先の話よ。女性解放運動。女性たちが立ちあがってね、平等を求めて闘うの。雇用機会、賃金、政治参加。みんなでブラジャーを燃やしちゃうのよ」

にやりとマーカスは笑った。「それは楽しみだな」

「でも、まじめな話よ。歴史の重要な転換期ね。女性もそれぞれにひとりの人間として、真剣に自分自身のことを考えるようになるの。男性も考え方を根本から変えないとね」

「きみは、そう悪いこととは思ってないみたいだね？」

「もちろんよ。すばらしいじゃない？　わたしの時代には内閣の主要なポストにも女性はついてるし、議会にもいるし、女性州知事だって弁護士だって医者だって……」

「それで、男たちの問題っていうのは？」

「女がそれほどたくましく、強くなっちゃったでしょう？　男の人たちは、もうどうやってわたしたちを扱っていいかわからないのよ」ため息まじりにセアラは言った。「女性にドアは開けてあげるべきか、椅子は引くべきか、デートの食事代は持つべきか……。古きよき騎士道精神は消えうせて、残っているのは一夜限りの情事と、だらだらとくだらないおしゃべりだけ」

「また、そんなことを言って。きみなら求婚者がいくらでもいるはずだぞ。これまでに何人申し込んできた?」

セアラは笑った。「マーカス、あなたの時代とはまったく違うのよ。結婚なんて、男の人がいちばんしたがらないことだわ。お互いに束縛しあわないのが暗黙のルールでね、もし女のほうがそれを破りたがったら、さっさと別の人に逃げていっちゃうわ」

「それでも、まともな男もいるはずだよ。ひとりの女性を生涯思い続けようとするような」

「妹はそういう人を見つけたわ」セアラは憧《あこが》れるような笑みを浮かべた。「ジミーっていうの。カレンのいちばん大切な人。もしジミーみたいな人がもうひとり世の中にいるなら、世界じゅうを探してもいいんだけど、わたしは期待していないわ」

「それで、四十何年もさかのぼって探しに来たってわけだな」

「まあ、そんなところ」

笑みはすぐに消え、マーカスは思いにふけるようにセアラのあごに指先をすべらせた。

「向こうに帰っても、きみには幸せになってほしいんだ。大切にしてくれる人を、ぜひ見つけてほしい」

セアラは目を閉じ、彼の手に頬を押しつけた。静かな涙がまつげの間をすり抜ける。

「あなただったらいいのに」

「それが無理だから言っているんだ」

マーカスはもう一度唇を重ねた。時に隔てられた絶望がふたりの情熱をかきたてた。何年も知っている者どうしのように、相手のいない人生など考えられないふたりのように、お互いを強く抱きしめる。時間という名の怪物に、決して引き離されるまいと。

ようやく抱擁を解くと、マーカスは部屋の隅の引き出しからカメラを取り出してきた。

「きみの言ってたカメラって、これかい？」

セアラは息をのんだ。「そう！　それよ！」

「ということは……」頭の中で考えが煮つまるにつれ、マーカスの目が大きく見開かれる。

「いいかい、もしこれがきみの見つけたカメラなら――このカメラが、きみをこの時代へ運んできたのなら――逆にぼくをきみの時代に運ぶことだって可能なんじゃないかな？」

「でも、もしだめだったら？　別にわたしは何をセットしたわけでも、どこに連れていけと指示をしたわけでもないのよ。もし、さらに昔に送られてしまったらどうするの？　あるいは別の時代とか。誰があなたを呼び戻すの？」

「きみだよ。間違った時代に行ったら、きみが呼び戻してくれ」

「そんな、きっと誰でもうまくいくわけじゃないわ。妹とわたしは双子だもの、ふだんからテレパシーみたいなものがあるのよ。もし双子じゃなかったらってわたしも考えてみたんだけど、きっとこうはいかなかったと思うの。マーカス、とにかくそんな単純なことじゃないのよ。もし、とんでもない時代に行ってしまったらどうするの？　それこそ、二度とあなたを見つけられなくなってしまうかもしれない」

「でも、今回はちゃんとぼくを見つけただろう？　運命にそう仕組まれているんだよ、セアラ。ぼくらは会うべくして会ったんだ」

「それはそうかもしれないけれど、でも、海や山を探すのとはわけが違うわ。もしあなたが時代をさかのぼってしまったら？　きっともう二度と会うことはできないでしょうね。未来に進みすぎてしまったら？　今度はわたしがあなたを待って、年老いていくの？」

マーカスはカメラを置き、ベッドに戻ってきて腰かけた。セアラの方を向いた顔は険しく、真剣だった。「きみがこの手をすり抜けて消えていったときのぼくの気持ちがわかるかい？」

セアラはごくりと唾《つば》をのんだ。「ええ。わかると思う」

「ぼくは、神にからかわれているような気がしたよ。目の前に幸福をちらつかされて、つかむ間もなくまた取りあげられてしまったみたいな」

セアラは彼の頬に手を伸ばした。「ごめんなさい、マーカス」

「そして今」マーカスは続けた。高まる感情が声を震わせていた。「きみはまた戻ってきて、ようやく住み慣れたぼくの灰色の世界に、色とりどりのきらめきを見せる……。だから、もうごめんなんだよ、きみが消えるのをただ見ているのは。何も試しもせずに、ただ指をくわえて見ているのは」

「また、戻ってくるわ」気持ちをこめて、セアラは言った。

「いつ？　あと何回？　きみの体はどうなる？」

「大丈夫。戻ってくるわ」

マーカスはセアラの体を引き寄せ、強く抱きしめた。何も、時間でさえもふたりを引き裂くことはできないと、つかの間セアラに信じさせてくれるような抱擁だった。

「きみとずっと一緒にいたいんだ。どこでも、いつの時代でもかまわない。でも、とにかく一緒にいたいんだ。何とか方法を探してみようよ。だから、カメラも試してみよう。いきなりぼくで試さなくても、何か物を使ってみてもいいじゃないか。何かを送ってみて、きみが帰ったときにあるかどうか確かめるんだよ」

セアラは少し考えた。「そうね。うまくいくかもしれないわ」

マーカスはカメラを開けてみたが、フィルムが空だった。「ねえ、タイムトラベルするとき、場所は移動しないのかい？」

「それじゃ、物を送っても探すのは簡単だね。もし見つけたら、ぼくの方に送り返してくれないか？　そうしたらぼくの旅も可能だってことがわかる」

「ええ」

セアラは目に涙をいっぱいためながら息を詰まらせた。「ああ、そうなったらすてきね。でも……あなたが帰るときはどうするの？　もし、誰も呼び戻してくれなかったら？」

「そこがこの計画のいちばんの利点だよ。ぼくにはそれほど近い人間は誰もいない。つまり、きみの時代に残る以外にないってことだ」

「でも、何もかも変わってしまってるわよ。まるで別世界みたいに」

「それも楽しいさ。しかも、みんなきみと一緒に体験できるんだからね」

ふくらむ思いに、セアラはマーカスの体に抱きついた。そしてふたたび始まった愛の行為は、絶望の渇きというより、むしろ晴れやかな喜びに満たされていた。希望はあるのだ。単なる希望であっても。

その日の午後、シャワーを浴びて髭《ひげ》を剃《そ》り、シャツに格子のズボンといういでたちで寝室から出てきたマーカスは、膝の上にセアラを引き寄せた。「ねえ、ちょっと出かけてみる気はないかい？　実験にはフィルムが必要だし、でも、きみを置いては出かけたくない」

恐怖がさっとセアラの顔を曇らせた。「でも、もし誰かに会ったら？」

「平気だよ。遠くから遊びに来ている知りあいだって言えばすむことだ」

彼女はもう一度考えた。が、そう簡単に拭《ぬぐ》い去れるような恐怖ではない。「でもわたし、五〇年代にどう振る舞っていいかわからないわ。きっとへまをしてしまうと思うの。洋服もおかしいだろうし、髪だってどうすればいいか……」

「きみの着ているような服なら、近所の店でも買えるよ。それに、ちょっと雑貨屋に行くだけのために、髪をぐるぐる高く結いあげる必要もないんだよ」

「でも、もし途中でカレンに呼び戻されて、消えるところを見られたら？」

「もっとひどいことがあるよ。もしぼくがいない間に呼び戻されたら？　帰ってきてみたらきみがいなかったなんて最悪だよ」

セアラはため息をついた。「フィルムは絶対に必要なのよね」

「そう。しかもきみは自分で言ってたじゃないか、二、三日はたぶん呼ばれないって。何も心配いらないよ」

セアラの唇に、ゆっくり笑みが浮かんだ。「そうね。町の様子を見てみたい気もするし」

「ぼくもどう変わるのか知りたいよ」

マーカスの車は五〇年型シボレーのベビーブルーのコンバーチブルで、セアラを助手席に乗せると、彼は屋根をおろし始めた。待っている間、セアラは自分の時代とはまったく趣の違う近所の町並みを眺めていた。こぢんまりとして、温かみのある家並み。ぴちっとした丈の短いパンツ、あるいはサーキュラースカートをはいた主婦たちが家の前を掃き、子供たちはいつの時代も同じように、泥遊びをしたり三輪車に乗ったりして遊びまわっている。

「こんにちは、ドクター・マーカス」高校生くらいの女の子が、隣家の花壇から声をかけた。「珍しいわ、お出かけなんて」

マーカスはにっこりしながら手を振った。「元気かい、ベス・アン」

「ええ。おふたりで、これからドライブ？」

見ればわかるだろう、と彼は苦笑した。「そのつもりだったんだけど？」

「それじゃ、いってらっしゃい」

運転席にマーカスは乗り込み、バックで車を出し、その間じゅう少女の目はセアラに向けられていた。車が走り出すまで、セアラはずっと反対を向いていた。

「何だかものすごく興味を持たれちゃったみたいね。わたしたちのこと、誰かに言うかしら？」

「会った人間全員に言うよ」マーカスは笑った。「おかげで、医者をやめて世捨て人になったっていうほうは下火になるな。今日は町をあげての井戸端会議だ」

「へえ、それで謎《なぞ》の女性の憶測が飛び交うのね。ステラは人妻だろうって言ってたけど」

「ステラ？」

「あなたの未来の大家さんよ。あなたの遺品をくれた人」

「ああ、彼女ね。世の中でいちばん身近な人。ぼくの大家さん」未来の孤独な死が彼の心をざらつかせるのか、言葉には寂しげな響きがこもっていた。そんなマーカスを見つめながら、セアラは未来を変えて何とか彼を安心させてあげたいと、心の底から思った。けれど実際は、ますます事態を悪化させているだけのような気もする。

住宅街を抜け、角を曲がると、目の前に広大な牧草地がひらけた。数頭の馬が草を食《は》んでいる。

「わあ……わたしの時代とまったく違うわ。ここにもずうっと家が建ってるし、あのあたりにはコンビニエンスストアがあるのよ」

「何だい、それ？」

「値段は倍だけど、所要時間半分で何でも買えるお店」

「それなら、普通の店に行けば十分じゃないか」

「みんな忙しいのよ。何をするにも時間がなくて」セアラの目は通りの先を泳ぎ、なじみのものを探したが、何もかもが違っている。「このあたりがアパートでしょ。ほら、ビルみたいな集合住宅。あそこのガソリンスタンドは今は見ないわね……。取り壊されてしまったのね、きっと」

そのちっぽけなガソリンスタンドでは、テレビの人気コメディー番組の主人公ゴーマー・パイルに似た男が、客のフロントガラスを洗いながらおしゃべりを楽しんでいた。セアラはほほ笑んだ。

ふたたび角を曲がると、息をのむ光景が待っていた。「きみの時代にもあるんだね」

「ええ。ただし、板囲いがされて、荒れ果てていくばっかり。もうすぐ取り壊されてしまうんでしょうけど、でも……ああ、何てきれいなの！」

マーカスがちらりと目を向けた。「まあ！　あの教会！」

「裏の墓地に両親が眠っているんだ。ぼくが洗礼を受けたのもあそこでね。もっともぼくは二年半、教会には行ってないけど」

「ねえ、あとで寄れない？　ちょっと中をのぞくだけでいいの」

「もちろんいいよ。でも、フィルムが先だ」

車は橋にさしかかった。変わらぬその姿に、セアラはにっこり笑った。「この橋……。いつもここを渡って妹の家に行くのよ。まったく同じだわ」彼の方を見ると、温かみのある、ちょっと感動したような目をして見ている。「なあに？」

ささやくようにマーカスは答えた。「きみは、自分がどれほどきれいか知ってるかい？　その目。顔もきらきらして」

セアラは頬が熱くなってくるのを感じて、髪を後ろに払った。「あなたの時代は何もかもがゆっくりで、こぢんまりしていて、温かみがあってすてきね。わたしもこの時代に暮らしたかった」

「今、暮らしてるじゃないか」

「ええ。でも、今だけじゃなくて」

マーカスは橋の途中で車を寄せた。車を降りてセアラのためにドアを開けてやり、手を取って彼女が降りるのを助けた。ふたりは橋を歩き、川を見下ろした。

「ぼくだってずっと一緒にいられたらと思うさ。一緒にここで年をとれたら、どんなにいいだろう。きみがぼくの時間を満たし、思いを占領し、過去以上に強いものをぼくに与えてくれたら」

涙がこみあげたが、セアラは風に髪をなびかせながら、じっとその風を見つめていた。

「ねえ、見て、マーカス。ここから見ると、まっすぐに川だけ見ると、わたしの時代の川とまったく同じよ。こうして、どちらが消える心配もしないでこの川の前に並んで立てたらすてきでしょうね。ねえ、本当にすてきでしょうね」

マーカスはたまらなくなってセアラの体を抱き寄せた。そこには悲劇的な切迫感があり、何台かの車が通り過ぎ、自転車が脇《わき》をすり抜けても、ふたりは離れようとしなかった。

ようやくマーカスは体を引き、涙を拭ってささやいた。「おいで」

8

車は〈ウォールグリーンス〉に着き、ふたりは中に入った。セアラにしてみれば昔の広告や商品の博物館に来たようなもので、見るものすべてが興味を引いた。アイスクリームやミルクセーキのにおい。そして、店の奥には軽食カウンターがあった。トランジスタラジオから流れているのは《ストレンジャー・イン・パラダイス》。壁のコカコーラのポスターは、〝さわやかになるひと休み〟とうたっている。

フィルム数本と煙草《たばこ》を買ったマーカスを見て、セアラはたずねた。「煙草、吸うの?」

「ときどきね」

支払いをすませるまで黙っていたが、戻ってきたマーカスにさらに彼女はつぶやいた。

「煙草を吸うと肺がんになるわ。わたしの時代には、パッケージのひとつひとつに公衆衛生局の警告表示が入ってるのよ」

「それでも、まだ吸ってる人がいるの?」

「ええ、それはそうだけど……」

マーカスはごみ箱に行き、買ったばかりの煙草を捨てた。「もう二度と吸わないから。それで少しは気分が晴れる？」

すうっといい気分になって、セアラはにっこりほほ笑んだ。「ええ、すごく」

「それはよかった。おいで。ミルクセーキをごちそうしよう」

「うれしい」

彼は奥のカウンターにセアラを連れていった。腰をおろし、見つめあい、ほほ笑みあいながら、ミルクセーキを二本のストローでふたりですすった。

「何だかノーマン・ロックウェルの絵の世界にいるみたい。わたしの時代にはね、雑貨屋さんのこういうカウンターもすたれちゃって、何でもかんでもファーストフードよ――出来あいのハンバーガーとポテト。それを車に乗ったまま注文して、車の中で食べて、わざわざエアロビクスをしにジムに通うというわけ」

マーカスは途方にくれたように首を振った。「まるで外国語だ」

「ごめんなさい。エアロビクスっていうのは音楽に合わせてする体操のことでね。音楽も今はCDに入ってるのよ」

「CD？」

「レコードなんだけど、金属製なの」

「つまり、LPやシングル盤はなくなるっていうこと？」

「八〇年代の初めからすたれ始めるわ」

マーカスは声をたてて笑い、セアラは彼の笑い声はめったに聞かなかったことに初めて気がついた。その新鮮さに打たれて、思わず口もとをほころばせながら言った。「ほかに、何か知りたいことある？」

「ローランド・ラスターザとロッキー・マルシアーノの試合はどっちが勝つ？」

セアラは笑い転げた。「そんなこと知るもんですか」

「ちぇっ」と、彼は指を鳴らした。「せっかくひと儲《もう》けできると思ったのにな」

それが彼にとって久々の冗談であることをセアラは肌で感じ取り、笑みを返しながら、同時になぜだろうと思った。今でこそ意気揚々としているが、とかく暗く落ち込みがちなのはどうしてだろう。

マーカスはセアラの前に体を倒すようにして、誰かが放《ほう》っていった新聞をつかんだ。

「これ、もらって帰る？　いかにぼくらが遅れているか、せいぜい笑ってくれよ」

セアラがちらりと目を向けると、リチャード・ニクソンとドゥワイト・アイゼンハワーが下院歳入委員会の議長と握手している写真が一面に載っていた。「まあ、ニクソンだわ。今は副大統領？」

マーカスが鋭い目を向けた。「ああ。何か起こるのかい？」

「大統領になるわ。その後、弾劾裁判にかけられそうになって、その前に自分で辞めるんだけど」

「どうして？　彼ほどの副大統領はいないよ」

「薄汚い政治家よ。法さえも自分で支配しようとして、嘘《うそ》を並べたてて。でも、まだ二十年も先の話。それより、見て！　ジョンとジャッキーが結婚するのね！」

マーカスは肩をすくめ、ぽんと新聞を放った。「言っちゃ悪いが、ただの穴埋め記事だな」

「そうでもないのよ」セアラは新聞を受け取り、結婚式についての記事に目を走らせた。

「十年しないうちに彼は大統領になるわ。そして、ダラスのパレードで暗殺されるの」

マーカスは恐ろしいものでも見るようにセアラを見た。「そういうことはあんまり聞きたくないな。聞いて愉快な話でもないし」

「そうね。そうかもしれないわね」

マーカスは考え込むような視線をじっとセアラに注いだ。「思うんだけど……もしカメラの実験がうまくいって、ふたり揃《そろ》ってきみの時代に行けた場合、ぼくはいったいどうやって遅れを取り戻せばいいんだろうね。まるでばかみたいだよ。何もかも変わってしまっているんだから」

「わたしが教えてあげるわ。そんなに難しいことじゃないわよ。すぐに慣れる」

「それにしても……」

マーカスの躊躇《ちゅうちょ》を見るにつけ、セアラの気持ちもしぼんでいった。「あなたは失うものが多すぎるものね。何もかも捨てて、一からやり直さなければいけないんですもの」

フィルムの袋に目を落としていたマーカスは、やがてセアラに視線を戻した。「だからといって、やめるわけにはいかないんだ」

やめることが何を意味するのかは、ふたりともよく知っていた。ふたりの魂に、どんな空洞をあけるかも。マーカスはセアラの手を握り、そして唇に運んだ。

「でもね、マーカス……もしまた患者さんを診ようと思っても、きっと大学に行き直さなければだめだと思うのよ」

「いや」彼の目はミルクセーキを見つめていた。「きみにも言ったとおり、医者はやめたんだ」

「わたしの時代に来ても？」

「ああ。医者になるべくして生まれてきたやつもいれば、そうでないのもいるよ。特権は奪われていいんだ」彼はスツールをおりると、カウンターに代金を置いた。「さあ、もう帰ろう」

セアラは黙って後に従ったが、ミルクセーキの向こうに垣間見たあの明るいマーカスを何とか取り戻したくて、車に戻ったところでそっと腕に触れた。だが、気分を変えてもらえる言葉などまるで思いつかない。「マーカス、ごめんなさい」

「いや、ぼくこそ悪かったよ。きみは何も悪いことはしていないのに」そよ風が彼の髪を揺らし、瞳はより透き通って、傷つきやすそうに見えた。

「わたし、あなたのことをもっと知りたいの」

「わかってる。ただ……簡単に話せるようなことじゃなくて」

ふたりは静かに家に帰り、車を降り、家の中に入った。セアラは、マーカスが人生のいちばん暗い部分を明かす言葉を探してくれているような気配を感じた。

マーカスは玄関のテーブルに鍵《かぎ》を放り、居間に向かうセアラの背中に言った。「きみがもし本当にぼくのことを知りたいなら――医者をやめた理由を聞きたいなら、話すよ」

「聞きたいわ。それだけの努力と時間をつぎ込んで得たものを断念してしまう理由って何？」

「失敗だよ」マーカスは居間のソファに腰をおろし、乗り出すような格好で両膝に肘をついて床を見つめた。「向こうでぼくがどれだけの命を救い損なったか、きみには想像もつかないだろうね。誰を助け誰を見捨てるか、ぼくのその選択がどれだけ多くの母親を泣かし、姉妹や妻の心をずたずたにしたか」

「でも、それはあなたのせいじゃないわ」

「仕事が遅かったんだよ。知恵も足りない。間違いも犯した。ぼくが彼らを死なせたんだ」

「救った人は？　救った人も大勢いるでしょう？」

マーカスは顔をあげ、セアラを見た。「ああ、いるとも。でもね、夜中にぼくを苦しめるのは救えなかった男たちのほうで……」

声はとぎれた。セアラはそっと彼の腕に触れた。「マーカス、あと十年もすると、またアメリカは戦争に行くのよ。今度はベトナム。ひどい戦争になるわ。残酷で、無意味で、朝鮮戦争よりもっとひどいの――あなたにそんなこと想像できるかどうかわからないけれど。そして、そこでの体験によって、精神的打撃を受けた兵士たちが続々帰還してね。外傷後ストレス障害《PTSD》っていう言葉も生まれたんだけれど、それは精神科のお医者さまが、あなたが感じてきたような憂鬱《ゆううつ》な気分を表現するときに使う言葉。普通のことなのよ。治すこともできるわ」

「どこで？　精神科に行けっていうのかい？　ソファに寝転がって、子供時代のことや性的な妄想について、ぼくに話してこいって？」

「いいえ」そっとセアラは言った。「あなたに必要なのは、戦争で見たことを人に話すことよ。それがあなたをどう変えたか。どんな罪悪感を植えつけられたか。いいお医者さまならきっと力になってくださるわ」

「戦争にも行かず、小ぎれいな診察室で患者を診ていたような医者にぼくの何がわかるっていうんだ！　わからないかい？　きみが消えていくのを見たとき、ぼくは本気で、きみがあの男たちの妹か奥さんの幽霊だと思ったんだよ。ぼくのせいで死んでいった男たちの……ぼくを見上げ、何とか助けてくれと目で訴えていた男たちの……」

「でも、今はわたしが幽霊じゃないってわかったでしょう？　神の罰でも何でもないことが。自分で罪をかぶらないで」

「大半はぼくの責任だ」

「どうして？　運び込まれてきたときにすでに手遅れだった人たちを、生き返らせることができなかったから？」

「もっとほかにもいろいろあったんだよ。とにかく……きみには理解できないことだ。それから、神の罰云々《うんぬん》ということについて言えば、はっきりしているのは、ぼくはひたすらきみを待って年をとり、ふたたび瞳さえ見つめあわないうちに死んでしまうということさ。それだけでも十分罰に値するんじゃないかな？」

セアラには、もうそれ以上何も言えなかった。だから、ただ黙って床に膝をつき、彼の体を包み込むように腕をまわして、最初の晩セアラが泣いたときにマーカスがしてくれたように、彼の体を抱きしめた。

悲劇の甘さと重さの中で、ふたりは愛を交わした。それは互いの魂にそれぞれの刻印を永遠に刻み込むような、ふたりの魂をひとつに溶けあわせるような愛の交歓だった。何物によっても引き裂かれないように。何十年、何世代という時間によってさえも。

お互いの腕に抱かれて横たわっているうちに、マーカスが言った。「カメラを試してみようか。いい方法が見つけ出せるかもしれないよ」

ふたりは起きあがって服を着、フィルムを入れ、何を試しに送ろうかと探し始めた。

「わたしの時代には、普通ないようなものがいいわね。絶対に間違いがないもの」

マーカスの目は、居間の隅のテーブルにとまった。「チェスのセットは？　裏にぼくの名前が彫ってあるし」

「いいわね。やってみましょう」

セアラは息を凝らしてファインダーをのぞき、シャッターを押した。

何の衝撃も感じなかった。カメラをおろして見ると、チェスセットはそのままだ。

「どう？」マーカスがたずねた。

「だめね。チェス盤の退屈な写真が撮れただけ」

「もっと小さなもので試してみよう」マーカスは昔患者にもらった小さな猫の置物を見つけた。「ほら、これでやってみて」

セアラは神経を集中して、ピントを合わせ、シャッターを押した。「やっぱりだめだわ」

猫も、相変わらずそこに鎮座している。

どさっとマーカスはソファに座り込んだ。「いったいどうしてだ？　このカメラであることに間違いはないんだろう？」

「ええ、見たところはね。屋根裏部屋で見つけたの。すごく古くて、写るかどうかも疑ったくらい」

「でも、もしそんな力があるなら、今だってあるはずじゃないか」

「そんなことわからないわ」セアラもマーカスの隣に腰を沈めた。「そもそもあのとき力があったということ自体、説明がつかないんですもの。笑っちゃうくらいだわ。でも、実際あったのよ」

ふたりはカメラをにらみつけ、たった今消えたばかりの可能性について、それぞれ思いの中に引きこもった。

と、何かひらめいたかのように、マーカスがセアラの方を向いた。「なあ、カメラが運べるのは人だけなのかもしれないよ。だってきみもぼくもそれぞれにカメラは使ってたけど、タイムトラベルしたものは何もないんだから。きみ以外には」

セアラはマーカスの目を見つめ、そこに彼の次なる思惑を見て取ると、ただでさえよじれている運命の糸をさらにもつれさせる結果になりはしないかと不安になった。「試し送りはできないのよ。ただ、やってみるしか」

「一緒にね。一緒にカメラに写るんだ。そうすればどこへ、あるいはいつの時代へ行こうが、ふたり一緒にいられるじゃないか」

セアラはマーカスの手を取り、うっとりと彼を見上げた。「本気なの、マーカス？」

「もちろん。きみは？」

「わたしはきっと、どんな時代に行ってもカレンに呼び戻してもらえると思うから」瞳に涙がこみあげる。「でも、あなたはどうなるの？　わたし、怖いわ……」

「怖がっちゃだめだ。大丈夫だよ、きっとうまくいく。試さないわけにはいかないんだ、そうだろう？」

静かにセアラはうなずいた。マーカスがテーブルの上にカメラを置き、ファインダーをのぞき込んでピントを合わせ、タイマーをセットする。そして戻ってくると彼はセアラの肩に腕をまわし、しっかりと自分の方へ引き寄せた。

「もし何も起こらなくても」タイマーが時を刻む中、マーカスはささやいた。「少なくともきみの、ふたりの思い出は手元に残る。そしてもし成功したら、それが一生続くんだ」

最後の数秒間、希望がセアラの胸の中でふくれあがり、フラッシュが光った瞬間、彼女は息を止めた。

が、何の衝撃も感じなかった。ふたりは相変わらず同じ場所に、彼の時代の彼の家に、そのまま座っていた。

「だめだわ」涙がセアラの声を詰まらせた。「マーカス……だめよ、効かないわ」

絶望を隠すために彼はセアラを抱き寄せ、長い間、何も言わなかった。やがてマーカスはささやいた。「神の存在を信じる？」

「ええ。あなたは？」

「信じる。でも、ときどき、神は怒りに満ちた無慈悲で残酷な存在だと思うことがあるんだ。そう思わざるを得ないことだって起こるじゃないか」

「でもそれは、神様がなさったことじゃないかもしれないわよ。そういう間違ったことを正そうとされているのが神様で」

「運命は信じる？」

「ええ」セアラが顔をあげると、マーカスの目はセアラには見えない何かを見つめていた。それは、彼の心が見つけ出した何かだった。

「神が、運命を成就させるために何かをすることがあるかもしれないっていうことは？　たぶんぼくらの理解を超えた、不可思議な方法で」

「ええ。今は信じるわ」

「セアラ、ひょっとすると――もしきみの言うとおり、神に慈悲の心があるならだけど――こういうことかもしれないよ。ぼくらが出会ったのは運命だった。でも、何かの拍子で一方が違う時代に生きることになってしまって、神はそれを元に戻そうとしているんだ。そうは考えられないかい？」

　セアラはマーカスを見つめた。「つまり、いい状態におさまる希望があるっていうこと？　わたしが呼び戻されることもなく、ここであなたと暮らせるようになるかもしれないっていうこと？」

「きみは暮らしたいかい？」マーカスは姿勢を正し、セアラを見つめた。「本当にぼくとここで暮らしたいかい？」

セアラの目にたちまち涙があふれ出た。「わからないわ、マーカス。だってカレンに二度と会えないなんて。わたしたちは双子で、お互いに分身みたいなものなのよ。それにわたしは、いつ呼ばれるかっていつもびくびく怯《おび》えてるわ。こんな状態で、どうして暮らしていける？」

ソファの背に頭をあずけ、マーカスは天井を見つめた。「たぶんきみは妹さんに呼ばれないように、方法を考えなければいけないだろうね。まあ、真実を打ち明ける以外にないだろう。でも、そうなると、きみは選択をしなければいけないよ」重い沈黙がふたりを包み込んだ。「どっちを選ぶ、セアラ？」

彼女がちらりと見ると、マーカスの瞳には痛みが、顔には愛情がにじみ出ていた。迷いなんてあるはずがない。「カレンにはジミーがいるわ。そしてわたしは、あなたを見つけたの」

「だったら方法を考えようよ。ふたりで一緒に暮らせるように方法を見つけるんだ」

「きっと見つかるわ。わたしね、うまくいかなかったのはたぶん最初の回の終わり方だろうと思うの。最初わたしがここに来て、そして消えたでしょう？　だからあなたは、わたしが生まれて成長するまで待たなければならなくなった。それはみんなひとつのサイクルなのよ。わたしがここに来る、あなたは年をとって死に、わたしがカメラを見つけ、ここに戻ってくる。そしてまた振り出しに戻って、同じことの繰り返し……」

「今回だけは、結末を変えるんだ」

「ええ。でも、この二度目の訪問は、もともと最初のサイクルには入っていないわ。だから、ひょっとすると、もう運命は変わってるんじゃないかしら？　違う結末を迎えられるんじゃないかしら？」

セアラを見つめるマーカスの目は潤み、手がそっと彼女の頬を撫《な》でた。こんなに優しい感触は初めてだった。「そう信じるしかなさそうだな。でなきゃ、耐えられそうにないよ」

「大丈夫、きっとうまくいくわ。本当よ、マーカス。わたしにまかせて」

夜になった。あたりが暗くなるにつれ、マーカスはセアラがいなくなってしまうような、落ち着かない不安な気分に陥った。そんな状態では、とうていふたりともくつろげるはずがなかった。

「出かけようか」と、とうとうマーカスは言い出した。「きみにいい思い出を作ってもらいたいんだ。少なくとも、どうせ帰っても毎日見る壁ばかり見て過ごしてもしかたがない」

「思い出ならもういっぱいあるわ、マーカス」

「それにしたって、二十四時間家の中にいるのは気分が滅入《めい》るよ。町まで車で出て、散歩をしよう。人目の多いところには行かないよ。きみが消えてしまうかもしれないのに、レストランに行くのも無謀だろう」

「もし知ってる人に会ったら?」

「明日の朝までに噂《うわさ》は広まるだろうけど、かまわないよ。ぼくがおかしくなった理由の詮索《せんさく》のほうはしなくなるだろうから」

セアラは微笑を漏らしたが、心は言葉の陰の深刻さを感じ取っていた。戦争の話にはまだ続きがあるのだと、セアラは直感した。けれど、彼はあれ以上話してくれるつもりはないようだ。そんなふうに他人をみんな遠ざけて、この家でひとり自分の殻に閉じこもって、いったいマーカスはどんな思いで毎日暮らしているのだろう。

彼の心の内を思ううちに、セアラは初めて、マーカスを救うために神が自分を彼のもとによこしたのかもしれないと感じた。彼を絶望の淵《ふち》から救いあげるために。それができるのは、わたし以外にはいないのかもしれない。

彼を待たせておいて、セアラは髪をアップにまとめた。めったにメイクはしないくせに、口紅でもアイシャドウでも、とにかく化粧品を持ってくればよかったと悔やんでいた。今夜は特別な夜にしたかった。彼の人生に触れた美しい女性として、マーカスの記憶に残りたかった。どんなに約束をしようと将来の計画を立てようと、彼のもとに絶対に戻ってこられるとは限らないのだから。

支度が整い、居間に戻ると、マーカスは白いワイシャツにプレスのきいたズボンをはいて、悲痛なおももちで待っていた。「きれいだよ」

セアラはほほ笑んだ。「このヘアスタイル、どういうふうにしたらいいかよくわからなくて。やれるだけのことはやったつもりだけど」

「どこから見てもきれいだよ。みんなに見せびらかしたいくらいさ。でも……」

セアラはつま先立ちになって、マーカスのあごにキスした。「今夜は、普通の恋人どうしみたいなふりをしましょう。時間制限も、引き裂かれる心配もなくて、永久の時間を味方につけたみたいなふりを、今夜だけはしましょうよ。本当にそうかもしれないいんだし」

マーカスは感情のかたまりをのみ下し、セアラの手を取った。一緒に家を出ながら、セアラはふたりの運命もタイムトラベルも、今夜だけはみんな忘れてしまおうと思った。ふたりのための夜なのだから。そして誰にも――カレン以外は――それを取りあげることはできないのだから。

9

メイン・ストリートの路肩に車を止め、ふたりは手を取りあって町を歩いた。退役軍人ホールはビンゴゲームの真っ最中で、参加者がふたりの前をしきりに行き来する。床屋の前を通りかかると、老紳士四人がテーブルを囲んでカードゲームを楽しんでいるのが見え、通りのさらに先のカフェからは、デート中の若者たちの笑い声が、ジュークボックスのがなりたてる音楽と重なりあって聞こえてきた。

道端にコーラの自動販売機があった。セアラにとってはアンティークのようなその機械の前で彼女は足を止め、愉快そうなまなざしをマーカスに向けた。「このコーラ、本当にたったの五セント?」

「そうだよ」

「すごい」

「きみの時代はいくらなんだい?」

「古い機械を運よく見つけたとして、五十セント。わたしは二リットルボトルで買うけど……」彼が途方にくれているのに気づいて、セアラは首を振った。「どうでもいいわね、そんなこと。何しろ、何でもかんでもばかみたいに高くなってるわ。あの家にしたって、わたしはあなたの二十倍は払ったんじゃないかしら」

「きみ、まさか、あの家を自分ひとりで買ったのかい？　資金はいったいどこから？」

頬がぽっと熱くなった。「わたし、結構いい収入があるのよ」

「写真の仕事で？」

「ええ。人気があるっていうか、腕がいいから」

マーカスの顔に感心したような笑みが広がり、セアラもうれしくなった。「きみってお
もしろい人だな」

「おもしろいって？」

「しっかり自立しているからさ。戦場ではそういう女性も見かけたけど、このあたりには
ひとりもいないよ」

「これからよ。そうよね……これからは出てくるのよね。何だか残念な気もするけど」

「どうしてそんなこと言うんだい？」

「だってたくさんの女性たちが、子供のそばにまだいてあげたほうがいいときに経済的な
理由で働きに出るようになるでしょ？　そうするとだんだん今度は、家にいる女性たちが
働かないことを非難されるような風潮になっていくのよ。子供は一日の大半を託児所で過

ごして、家に帰っても寝る時間までテレビの前に座りっぱなし。お父さんもお母さんも心身ともにくたくたで、とても遊んでやるどころじゃないから」

「心もくたくたか。何だかあんまりよさそうな時代じゃないな」

「そうね。あなたにとってはそうかもしれないわね」気持ちが沈み込んでいくのがわかって、セアラは言った。「でも、いやなことばっかりというわけじゃないのよ。いいことだってたくさんあるわ」

マーカスはもう閉店したブティックの入口のくぼみにセアラを引き寄せ、両腕で包み込んだ。「たとえばどんな?」

こんなふうにすっぽり抱かれてしまうと、頭が思うように働かない。「だから……つまり……」マーカスの瞳は青く透き通っていた。あまりにきれいで、あまりに優しくて、セアラは人目など忘れて唇が痛くなるまで彼とキスしたいと思った。

マーカスは軽く唇を重ね、そして体を引いた。「ねえ、どんな? 本当に知りたいんだ」

「そうね」セアラは必死で頭をしぼった。「たとえばカレン。カレンのいない人生なんて、わたし、考えられないわ」

「ほかには?」

「女性の社会進出。女でもやりたいと思ったことが何でもできて……」セアラはウインドーのドレスに視線をさまよわせ、やがてかぶりを振った。「それよりもずっと大切なことがあるわね。もし、この人っていう人が見つかったら、わたしはすべてを投げ出してもかまわないもの。ときどき思うことがあるの。こんなに忙しくしているのは、ただ人生の空白を埋めるためじゃないかって。わたしの人生なんて、空白だらけだから」

「仕事がそれを埋めてくれるのかい？」

「いいえ」セアラはふたたびマーカスの目を見つめた。「埋めてくれるのはあなただけよ」

彼の口づけは甘く、悲しく、セアラは体じゅうの骨が溶けて血管に流れ出していくような気がした。マーカスをとても大きく感じた。その前で、自分の何とちっぽけなことか。どれほど強い自立心も、愛されているというこの安らかな気持ちにはかないはしないのだ。

通りをさらに歩いていくと、レストランからピアノの演奏が聞こえてきた。マーカスが手を引っ張った。「おいで。踊ろう」

「中に入るの？」

「入らないよ。大丈夫、川を見下ろせる裏庭があるんだ」

レストランの前を通り過ぎて裏にまわると、マーカスの言うとおり煉瓦《れんが》敷きの庭があった。おぼろげな照明とピアノの音色に誘われるようにふたりは向かいあい、静かに踊り始めた。別れが近づいていることをふたりとも意識していた。もうどちらも笑おうとはしない。ふたりとも心が張り裂けてしまいそうだった。

「わたしたち、どうしてずっと一緒にいられないの？」

答えることのできないマーカスはセアラの頭を胸に押しつけ、選ぶ道のない男の覚悟と強さを伝えるかのように抱きしめた。やがて力がゆるめられたのでセアラが顔をあげると、そこには心を打ち明けようと言葉を探しあぐね、けれど必ず伝えようと瞳に青い炎を燃やしているマーカスがいた。

「向こうに帰っても」かすれ声で彼は切り出した。「心と魂のすべてできみを愛した男がいたことを覚えておいてほしい。きみはその男の人生にきらめきを取り戻し、老いる意味を与えてくれた。たとえきみがそばにいなくても、ひとりで年老いていく意味をね」

セアラの目に涙がこみあげ、頬を幾筋も伝いおりた。ふと気づくとマーカスも唇を震わせ、目を潤ませている。セアラは震える手でそっと彼の頬に触れた。「わたしも愛しているわ、マーカス。わたしが帰ったあとも、つかの間でも何とかあなたと一緒にいたくて闘った女がいたことを忘れないで。何が起ころうと、わたしも決してあなたのことは忘れない」

「うん。ぼくもきみに忘れてほしくはないんだよ。でも、きみがひとりでいるのもいやなんだ。いい人を見つけてほしい。きみを愛してくれる人を、きみの時代に。自分のすばらしさを味わってほしいんだ……いつでも」

「わたし、ほかの人なんて考えられない」

「ぼくだってそうさ。でも、あの大きな暗い家にきみがひとりでいると思うと、そのほうがもっとつらい」

　セアラは嗚咽《おえつ》を噛《か》み殺しながら、涙も抑えようとしたが、うまくはいかなかった。「こんなことを話していたってむだだわ。だって、わたしは帰ってくるんだもの。カレンに何度呼び戻されたって、あのカメラがある限り、何度だって戻ってくるわ。だから、あなたも待ってて」

　マーカスはもう一度セアラを抱き寄せ、愛情の限りをつくして抱きしめた。やがて音楽に合わせて、ふたりはふたたび踊り始めた。けれど、彼の胸に頬をあずけるセアラの心にあるのは、せつない祈りだけだった。ふたりの幸せな将来をマーカスがもはや信じていないことを、セアラの心は知っていた。


　夜も深まり、静まりつつある町を、帰りは通りの反対側を歩いた。映画館の前でふたりの足が止まった。上映されているのはオードリー・ヘップバーンの『ローマの休日』だ。

「映画見たい？」マーカスがたずねた。

　セアラはほほ笑んだ。「これ、三回見たわ」

「そう。まだやってるんだ？」

「ビデオになってるのよ」彼がまた不思議そうな顔をしているのを見て、セアラは微笑した。「映画をお店から借りてね、自分の家のテレビで見られるの。一大産業になってるわ」

「だけど、自分の家で映画を見て何が楽しいんだろうな」

「そうね」

「それじゃ、映画館もまだある？」

「ええ、もちろん。十から十五の映画を上映しているところもあるわ」

「そんなにたくさん？」

「ええ。ハリウッドがどんどん作ってるから」

マーカスはセアラの手に軽くキスし、ふたりはまた歩き出した。「で、そういうマルチ映画に、きみは誰と行くの？」

「見るときはいっぺんにじゃなくて、普通に一本ずつ見るのよ」セアラは訂正した。「一緒に行く相手のほうは、別に決まってないわ」

「いろんな男とデートしてるってこと？」

「デートなんてたまによ。相手も恋人というわけじゃないし。もし、あなたがそれをきいてるならね」

「セックスは？」

セアラはさっとマーカスの顔に目を走らせ、そしてほほ笑んだ。「なしよ。わたしは愛のないセックスはしないの」

「でも、男は言い寄ってくるだろう？」

「ときどきはね。でも、望みがないことがみんなわかってるから」

マーカスは立ち止まり、真剣な目をじっとセアラにあてた。「それじゃ、最初のとき、ぼくにはどうして許した？」

「何だか本当のことのように思えなかったから。だってそうでしょう？　ふだんと同じようには考えられないわ」

納得したのかマーカスは笑い、ふたたび彼女の手を取った。「愛してるよ、セアラ。戻ってきてくれてありがとう」

ふたりはまた歩き出した。車まで戻るとマーカスがドアを開け、セアラを乗せた。帰りのドライブはとても静かだった。静かすぎて、さまざまな不安がまたセアラの心をかき乱す。向こうに帰って、もし何かの事情で二度と戻れなくなったとしたら？　それからマーカスも、もし本当に二度と医学の道に戻らず、光を恐れる隠遁者《いんとんしゃ》のように、いつまでも暗《くら》闇《やみ》にこもり続けていたとしたら？

マーカスにはもっと頑張ってほしかった。でも、一度医学を捨てた彼の決意をそう簡単に翻せないこともわかっている。時間をかけなければ。そしてその時間が、セアラにはない。

家に帰り着き、時も場所も、現実も理屈も超越したふたりきりの世界に隔離されると、マーカスはむさぼるように唇を重ねてきた。たちまちふたりは欲情に身をまかせ、獰猛《どうもう》なくらい奔放に互いの肉体を求めあった。快楽が凝集し、とうとう砕け散ると、ふたりはそのままベッドに倒れ込み、いつしかセアラは泣いていた。

マーカスは黙って彼女を抱きしめた。セアラにはそれが永遠の時のように思えた。彼の腕の中では誰にもじゃまされず、悩むこともなく、ただ、肉体と同じようにふたりの心と魂が溶けあい、甘い契りを結ぶのだ。

やがて涙もかれ、セアラは顔をあげて、焦がれるようにマーカスの顔に指先を伸ばした。

「マーカス、教えてほしいことがあるの。帰る前にきいておきたい」

「何だい？」静かな声には覚悟したような響きがこもっていて、これからきこうとしていることが彼にはわかるのだろうか、とセアラは思った。

「朝鮮半島で何があったのか話して」

「もう話したじゃないか」

「全部じゃないわ。お願いよ、マーカス。何もかもみんなわたしに話して」

悲惨な記憶が頭の中に押し寄せてきているかのように、彼は押し黙ったまま、じっと天井をにらみつけた。「だめだ。話せない」

「お願い……」

重い息を吐き出してから彼は目を閉じ、次に開けたときその目は涙で潤んでいた。めったに涙など見せない人だろうに。

階下で鳩《はと》時計が時を知らせ、あのオランダの女の子の人形の踊る軽やかなオルゴールの音が聞こえてきた。そしてまた静寂。夜が暖かい毛布のように、ふたりを包み込む。

「誰にも話したことはないんだ。これを聞いたら、きっとぼくを見る目が変わってしまうよ」

「あなたを愛してるの。何を聞かされようと、その気持ちは変わらないわ」

マーカスは荒々しく息を吸い、片手で目をおおった。「病院部隊のすぐそばで、あるとき戦闘があった。負傷兵がどんどん運び込まれて、まさに地獄みたいな夜だった。叫び声や泣き声があちこちから聞こえて、山ほどの兵士が死にかけ、医者は駆けずりまわっていた。血液も抗生物質も足りなかったから、とにかくできることをぼくらはやっていた。そこへ、さらなる砲撃だ」

ごくりと唾《つば》をのみ、マーカスは重い口をふたたび開いた。

「急いで逃げる以外に生きのびる道はなくなって、トラックに患者を荷物みたいに積み込んでとにかく逃げることになった。ありったけの薬や医療品を持ってね。でも、中には動かしたら危険な患者もいたんだ――少なくとも、そんな動かし方をしたら。目的地に着く前に死んでしまうとわかっていながらそれでも運ぶか、その場に置き去りにするか、選択はふたつにひとつしかなかった。でも、そんなことが耐えられるかい？　ぼくは重傷者とその場に残ることにした。トラックにもう一度戻ってきてもらうように頼んでね」

それきり彼は黙ってしまい、セアラはそっとうながした。「攻撃は、どのくらいそばまで来てたの?」

「すぐそばまでだよ。部隊から七、八キロの村がやられて、めらめら燃えているのが見えた。それにあの音……。あんな轟音《ごうおん》を聞いたのは生まれて初めてだ。煙もひどくて息苦しくて、患者と一緒に小さな壕《ごう》にこもって待っていた。でも、おかしなものでね、耳をつんざくような音が聞こえているうちは、何だか大丈夫だという気がしていたんだ。砲撃が終わってからだよ、だんだん頭がおかしくなっていったのは」

「何があったの?」

マーカスは目を隠していた手をはずした。そこに、セアラは死者の霊を見たような気がした。死ぬまで彼を苦しめ続ける戦慄《せんりつ》の記憶を。

「ぼくは銃を構えて、相変わらずその塹壕《ざんごう》で待っていた。いかなる動きも見逃すまいと、音も聞き逃すまいと神経をぴりぴりさせてた。最悪の事態を脱したことはわかっていたから、すぐにトラックが戻ってきてくれるものと信じていた。だから待った……じっと目を凝らして……」涙が、彼のこめかみにすべり落ちた。「そのとき、向こうの木の中でがさがさっという音がした。ぼくは銃口を向けた」声がかすれ、マーカスは咳《せき》ばらいをした。

「負傷兵が横でうなっていたから、相手が誰であれ、こっちの居場所は知られているんだ」

彼は両手で顔をおおった。体が小刻みに震え出し、セアラは彼の肩を抱いて、涙で濡《ぬ》れたこめかみにキスした。

「ぼくは引き金に指をかけた。すると、木の向こうにはっきりと人影が見えて、そいつが、いきなりこっちに向かって走り出したんだ……。セアラ……ぼくは引き金を引いたよ。弾が全部なくなるまで撃ち続けた。そいつが倒れて、自分がやったんだなってわかった。あたりはまた静まり返った。あんまり静かで重苦しくて、ぼくは穴ぐらで体を縮めて、じっと夜が過ぎるのを待っていた……。ようやく少し明るくなったころ、穴から這《は》い出してみた」

「その人を見たの？」そっとセアラはたずねた。

「ああ、見た」顔が歪《ゆが》み、目が固く閉じられた。「何発も銃弾を受けて死んでいたのは、現地の子供だった。村から焼け出されて助けを求めてきた七歳の少年だったんだ」

「そんな……」セアラの目からも涙があふれた。

マーカスはとうとうセアラの方を向いた。「だから、ぼくは罰を受けているんだよ。待ち続けるのが償いさ。待って、待って……きみのことも待って……きみが、体が弱ってもぼくのところに戻ってきてくれるのを待って――いったい、いつまでだ？　きみが死ぬまでか？　それともきみが生まれて、大人になって、ようやく近づけるようになったあげくにぼくが死ぬまでか？　今はここでこうして横になって、きみが消えるのを待っている。そうして消えたら、今度は戻ってくるのを待つ。ああ、これこそ生き地獄だよ、セアラ。本物の地獄でさえこんなにひどくはないはずだ」

マーカスはしがみつくようにセアラを抱きしめ、セアラはそれをありったけの感情をこめて神経の一本も、感情のひとひだも惜しまずに受け止めた。そして、絶望の底で互いに愛撫《あいぶ》し、唇を重ねあわせながら、セアラはふたりの関係が呪《のろ》いではなくて恵みであることを何とか伝えようとしていた。罪の意識がどんなにあなたを苦しめようと、あなた自身はちっとも汚れていないのだ、と。

しかし、時は味方をしてくれなかった。彼の傷などとうてい癒《いや》せないうちに、遠いカレンの声を聞いたのだ。「だめ……カレンが呼んでるわ……」

腕に力がこもり、奪われるまいとマーカスは必死でセアラを抱きしめた。セアラはそんな彼の涙の跡を拭《ふ》き、そっと最後のキスをした。

「愛してるわ、マーカス」

〝セアラ！　セアラ！〟

「だめだ。行くな！」

「戻ってくるから」カレンの声が大きくなるにつれ、セアラの声はどんどん小さくなった。

「大丈夫よ、必ず戻ってくるから」

10

階段を半分あがったところでどすんという物音を聞いたカレンは、一気に残りを駆けあがった。「セアラ！」

寝室の床に、セアラは死人のような真っ青な顔をして倒れていた。カレンはあわてて横にひざまずき、手首を探った。脈は遅く、不規則で、まるで最後の力を振りしぼっているかのようだった。

「だめよ！　セアラ！」

あわてて九一一をダイヤルし、救急車を待つ間、何とか心臓が反応してくれないかと、カレンは何度も姉の体を揺すった。

しかし、セアラはぴくりとも動かない。

また、あの同じ光景が繰り広げられた。救急車が到着し、隊員が点滴やらモニターやらでセアラを管だらけにして、カレンも付き添って病院に向かう。カレンは片時も姉から目を離すことができなかった。姉を失いかけていることがわかっていた。

でも、いったいどうして？

自分の分身である姉を失うかもしれないと思っただけで耐えられず、セアラにわかるはずもないのにカレンはぎゅっと手を握った。「お願い、わたしをおいてきぼりにしないで」カレンの頬を涙が伝った。子供のころの記憶がよみがえる。ふたりは瓜《うり》ふたつで、親友どうしで、本当の意味で心の通いあった姉妹だった。違う点は、それがまたお互いを補いあった。

セアラは空想好きな少女だった。昔、祖母の家に行ったとき、屋根裏部屋でふたりの母親が卒業パーティーに着ていったドレスを見つけたことがある。セアラは肩がむきだしのそのドレスをさっそく着込み、逆毛を立てて頭のてっぺんに髪を結いあげた。

〝変な格好〟カレンは父親のフットボールのユニフォームから肩パッドをはずし、姉に負けじとおどけたつもりで自分の肩にのせた。セアラがそれを見て笑うかと思ったが、彼女は鏡に映った自分の姿を物憂げに見つめていた。〝何考えてるの？〟と、カレンはたずねた。

〝ちょっとね〟セアラはそう答えただけで、気持ちを分かちあおうとはしなかった。

あのとき、セアラはどんな気持ちを隠していたのだろう。そして、今は？

カンクンの話はでたらめだった。セアラを探してミックが電話をしてきたとき、カレンにはそれがわかった。けれど、本当はどこにいたにせよ、納得がいかないのは姉が撮影の予定をすっぽかしたことだった。自分のキャリアに傷をつけるようなことをするなんてセアラらしくない。人を待たせたり、迷惑をかけたり、そんなことは決してしない人間なのに。

ひょっとして、ベッドでずっと苦しんでいたとか？　あんまり具合が悪くて、電話もできなかったのではないだろうか。

でも、それならそう感じたはずだ。セアラが病気になったとき、緊急事態が生じたとき、カレンはいつもそれを感じ取ってきた。セアラが自転車から落ちて脳震盪《のうしんとう》を起こしたときも、車をぶつけて脚を数針縫うけがをしたときも、カレンにはわかっていた。

だから、ベッドでずっと苦しんで助けを求めていたとしたら、絶対にわかったはず。そうでしょう？

いや、絶対と言われると自信がなかった。ふたりの絆《きずな》は百パーセント完璧《かんぺき》なものではないし、今はジミーに気持ちが向いている分、薄れてしまってもいるだろう。昔と同じようにセアラのことを感じ取ることは、もうできないのかもしれない。

あるいは、今でもテレパシーは同じように感じることができて、セアラを見つける一瞬前までは、本当に何も起こっていなかったのかもしれないけれど……。

救急車が病院に着くとジミーが待っていた。セアラが運び出されるかたわらで、カレンは夫の胸にしがみついた。「ジミー、セアラが死んじゃう」

「そんなことあるもんか」ジミーは妻の手を取り、救急治療室へと運ばれるセアラの寝台に続いた。「大丈夫、きっとよくなる」

「でも、そんなこと……」ドアを通り抜けようとしたふたりを、看護師の手がはばんだ。医師が出てくるまで待合室にいるようにというのだ。

身をこわばらせ、打ちひしがれて、カレンは待っていた。隣の部屋では姉が生死の境目で闘っていると思うと、これほど自分の無力さを痛感したことはなかった。

ようやく医師が現れた。いらだち、憔悴《しょうすい》し、困惑している。

「先生、姉は？」

「容体は安定しています。脈も落ち着いたし、呼吸も楽になったようです。ただし熱が非常に高いので、下がるまでは集中治療室で手当てを続けます」医師は眼鏡をはずし、目をこすするとカレンを見た。「お姉さんは、最近、何か全身にショックを受けるような事故とかにあわれてないですかね？」

「さあ。でも、精神的にはいろいろと……」

「いや、そんな曖昧《あいまい》なものではなくて、体の機能そのものをだめにしてしまうようなショックですよ。いったい全体何なのか。放射能か、血液検査に出なかった毒物とか……」

「そんな……」カレンは思わず立ちあがった。ジミーが守るように肩を抱き寄せると、しばらく夫にしがみつくようにしていたが、ようやく医師に目を戻した。「先生、はっきりおっしゃってください。姉は助かりますか?」
「現在、非常に難しい状況です。最善の努力はしますから」
それは死の宣告以外の何物でもなく、カレンはわっと夫の胸に顔を押しつけた。ジミーは彼女を抱き止め、耳元で希望の言葉をささやいたが、この場面にいったいどんな慰めの言葉があるというのだろう。

やがて看護師がやってきて、面会が可能だと言った。カレンは涙を拭《ふ》いて姉に会いに行った。

セアラの顔には血色が戻り、呼吸もほぼ正常に戻っていたが、カレンは額に触れかけたところで、あまりの熱さに飛びあがった。こんなに高い熱を出して、脳に障害でも出たらどうしよう? だいいちこれでは本当に助からないかもしれない。どうしてお医者さまは、この熱を下げてくれないの!

カレンはまた泣き崩れ、姉の顔にささやきかけた。「わたしを置いていっちゃいやよ、セアラ。そんなことをしたら、わたし、絶対に許さないから」

返事はなく、ただセアラの心臓のモニター音だけが響いていた。カレンはベッドの脇《わき》から、いつまでも姉を見つめていた。やがて朝が部屋に忍び込み、そのまま眠り込んでしまうまで。

セアラが目を覚ますと、横の椅子でカレンが眠っていた。ここは、どこ？　いったいどうしてこんなところに？

記憶をたぐる間もなく割れるような頭痛とひどい吐き気に襲われ、横にあった洗面器をあわてでつかんでもどした。目を覚ましたカレンはすかさず立ちあがり、洗面器を支え、大丈夫よとささやきかけながら姉の背中をさすった。

セアラはぐったりと枕《まくら》に頭を戻した。「わたし、もうどのくらいこうしているの？」

「さあ、どのくらいかしら。わたしが見つけてからは、十五時間くらいたってるわ。でも、その前のことはわからないから」

セアラは目を閉じて、吐き気と頭痛を意志の力で封じ込めようとした。「前回より長いわね。まだ半分くらいしか治っていない感じだし」

カレンは怪訝《けげん》な目を向けた。「セアラ、自分がどこが悪いか知ってるの？」

「先生は何て？」

「新種のウイルスだっておっしゃる先生もいるし、毒物か放射能の影響があるかもしれないって心配してくださってる先生もいるんだけど、そうなの？　何か思いあたるふしはある？」

ふたたび目を開けたセアラは、じっと天井を見つめながら、すべてを打ち明けようかどうしようか悩んだ。タイムトラベルをしてきたの、と言ったら、カレンは信じるだろうか。

信じることができるだろうか。

　ちらりとうかがった妹の顔に深く刻み込まれた不安を見て取ると、誰にでも簡単に受け入れられる話ではないと思い、セアラは話すのをやめた。

「ううん」小声でセアラは答えた。「思いあたることなんて何も」

　カレンは姉の手を取り、顔を近づけてまっすぐ目をのぞき込んだ。「最近使い始めたフィルムとか、薬剤とか、機械とかは？　何か原因になりそうなものはない？」

「ないわ」

　カレンは黙り込み、やがて唇を震わせた。「セアラ……どうしてわたしに嘘《うそ》をつくの？」

「嘘？」

「わたしたちは双子よ。あなたが何か隠しているときにはすぐわかるの。いったい何を隠しているの？」

　どんな言い逃れも通用しないとは思ったが、真実を言うわけにもいかなかった。「バハマで具合の悪くなったモデルがいてね、そのときの症状とどうも似てるから——」

「この前はカンクンに行くって言ったわよ。どうせどっちにも行ってないけれどね。ミックが探してたもの」

　口の中がからからになった。疲れて息苦しく、胃も相変わらずむかつき、セアラは目をつぶって耐えた。「わかったわ。あなたの勝ちよ」

「本当はどこに行ってたの？」

「どこにも行かなかったわ。家で……ある仕事をしてたの。まったくひとりきりで、一気に集中してやりたい仕事だったから」

「それは、あの古いカメラと関係のあること？　ほら、三脚にセットしてあったでしょう」

セアラの目の曇りが、妹に多くを語った。「全然関係ないわ」応答も早すぎた。

カレンの顔はだんだん赤みを帯び、唇はしっかり引き結ばれた。「セアラ、また嘘をつくのね。あのカメラにはいったいどういう意味があるの？」

セアラは懸命に落ち着きを保ち、また言葉が弁解がましくならないように気をつけた。

「何も意味なんかないわ。カレン、そのくらいにしてくれない？　わたしは今、ここで吐こうか、頑張ってバスルームまで行こうかって悩みながら寝ているの。頭はがんがんするし、凍えそうなくらい寒いし、なのにあなたは暗室にあった古いカメラがどうのこうのって、まるで尋問するみたいに」

「ごめんなさい。そんなつもりはなかったんだけど」カレンは立ちあがり、毛布を引きあげて姉にかけた。「悪寒がするのね。まだかなり熱が高いわ。わたし、看護師さんを呼んでくる」

カレンが部屋を出ていったあと、セアラは目を閉じて、ほっと胸を撫《な》でおろした。あのカメラと病気を、絶対に結びつけさせてはならない。そんなことになったらカレンがあのカメラに何をするか、わかったものではないのだから。

タイムトラベルもマーカスも、カレンには一生かかっても理解できないことだ。だから秘密にしておかなくてはならない。自分ひとりの胸にしまい、そして、何とかいい策を考えるのだ。

だが、当面の目標は体を治すことだけ。マーカスのもとにもう一回帰るために体力をつけなければ。

二日たっても熱は下がらず、胃も相変わらず食べ物を拒絶し、セアラのいらだちはつのる一方だった。早くマーカスに会いに行きたかった。今ごろ彼はどうしているだろう。悲しみに打ちひしがれているだろうか。それとも必ずわたしは帰ってくると、ちゃんと信じてくれているだろうか。

ノックの音がし、ドアの隙間《すきま》からミックが顔を出した。「入ってもいいかい？」

セアラはほほ笑んだ。「うれしいわ、来てくれて」

「相当ひどい目にあったらしいな。少しはよくなった？」

「ええ。点滴が栄養を流し込んでくれている限り、生き延びられるんじゃないかしら」

「で、いつごろ出られそう？」

「そういう気分になったら、すぐに出ていくわよ。心配しないで、〈エリザベス・アーデン〉の撮影まではきっとよくなるから。まさか、そんなに――」

「〈エリザベス・アーデン〉ならもう終わったよ」ミックは静かに言った。「ピート・ジョンソンに代わりに撮ってもらった」

セアラは眉間《みけん》に皺《しわ》を寄せ、今日はいったい何日だろうと必死で考えた。「ご、ごめんなさい。時間の感覚がおかしくなってしまって」

「無理もないよ。きみの撮影の予定は、先送りできるものは送って、あとは穴埋めしておいたから。気にすることはないさ。本当に具合が悪いんだからしかたがない」

気持ちが少し焦った。「でも、きっとすぐ治るわよ。この前がそうだったもの」

「前回より症状が重い」

「だから、もうちょっとだけ時間がかかるというだけで、治れば何でもないわ」

「ぼくとしてはもう少し休んでもらいたいんだ。いいね？」口調は穏やかながら、有無を言わせぬ響きがこもっていた。と、ミックは笑みを広げ、顔を近づけた。「これにパスしたら仕事を再開しても平気っていうテストか何かないかと思って、今、考えてるんだけどね」

「テスト？　たとえばどんな？」

さあね、とばかりにミックは肩をすくめる。「まあ、ちょっと色っぽいやつになるかな。

もちろん、きみのスタミナを確認するのが目的だけどね」

セアラもにやりと笑った。「そうよね。わたしのためを思ってよね？」

「そうさ。だいたい、ぼくにはどんなメリットがあるんだい？」

「お上手ね。若いモデルの子だったらきっとその気になるわ。試してみた？」

「きみ以外の女性はみんなその気になるよ。ぼくとしては、きみは不感症だと言わざるを得ない」

セアラは顔を曇らせた。「そんなことないわ」

「じゃあ、ほかに誰かいるにちがいない」

セアラは笑った。「そうかもね」

「だと思ったよ」ぴしゃりとミックは膝を叩《たた》いた。「いったいどこのどいつだ、ぼくを打ち負かしたやつは？　早く会わせてくれよな。この目で確かめないことには気持ちがおさまらない」

笑みは完全に消えうせた。「どうかしら……近くに住んでる人じゃないから」

「そいつはいい！　だったらひとりで寂しいときは、遠慮なく電話するんだよ。大丈夫、ぼくは独占欲が強いほうじゃないから」

ミックは立ちあがり、セアラの額にさよならのキスをするとドアに向かった。そうして部屋を出る前に肩越しにウインクを送る。セアラのほほ笑みを受けながら、やがて彼は後ろ手にドアを閉めた。

迷路のような広告代理店のオフィスを歩いていくと、ガラスの壁の向こうでバスケットボールのまね事をしているミックの姿が見えた。ドアの上のゴールにダンク・シュートを決め、両手でガッツポーズを作り、気取った足取りでデスクに戻っていく。

遠慮がちにカレンはノックした。「ミック?」

なおも息を弾ませながら振り返ったミックは、たちまち満面に笑みを広げた。「カレン! 珍しいじゃないか。いったいどういう風の吹きまわしだい?」

「ドア、閉めてもいいかしら? ちょっとお話があって」

「もちろん」デスクの縁に腰をのせ、ミックは腕組みした。「どうしたんだい? セアラの様子はどう?」

「ええ。いいみたいなんだけれどね……どうも変なのよ」カレンは首を振ってから、真剣な目をミックにすえた。「ねえ、ミック、昨日病院に来てくれたんですってね。そのとき姉は何か言ってなかったかしら?」

「何かって?」

「何でもいいから手がかりになりそうなことよ。今、取り組んでいる仕事のこととか、この数日間どこにいたとか」

ミックが笑みを浮かべ、またゴールにボールを投げると、ボールはぐるりとリングをまわって跳ね返ってきた。「別に何も聞いてないよ。たいした話はしなかったからね。ただ、彼氏とよろしくやってただけのことじゃないのかい？　まあいいんだけど、連絡くらいはしてほしかったな。スケジュールが組み直せるように」

「彼氏？」不安が目に出ないように、カレンは平静さを取り繕った。「彼氏ってどこの？」

「どこだか知らないけど、あれほど目をとろんとさせられる男さ。近くの人間じゃないらしいね」

いらだちがカレンの顔を歪《ゆが》めた。「近くじゃないって、どこ？」

「知らないよ。聞いたのはそれだけだから」

「名前も聞かなかったの！」カレンの顔は、もはやいらだち一色に染まっていた。

ミックは立ちあがり、心配そうに彼女を見つめた。「ごめんよ、カレン。セアラは話してなかったんだね？」

「ええ。何も」カレンはうつむいた。頭の中ではセアラがなぜ隠さなければならなかったのか、ありそうな理由を必死で探していたが、ひとつとして思い浮かばなかった。いつも何でも話してくれていたのに。言いたくないようなことでも、話してくれていたのに……。

「きみにはどうせばれてるってセアラは思ったんじゃないか？　双子って、超能力みたいなものがあるんだろう？」

カレンは頼りなげに笑い、「そうでもないのよ」とつぶやくと、ため息を漏らしてドアに向かった。「おじゃましました、ミック。いろいろありがとう」

「セアラは……大丈夫だよね？」

「ええ、大丈夫だと思うわ。ただ原因は突き止めないとね。そうそう、撮影で、たとえば産業廃棄物の処理場とか、使ってないわよね？」

ミックは考え込むように間をおいた。「そういえば、先週スポーツ・イラストレーテッド誌の水着特集をプルトニウム廃棄場で撮ったけど……大丈夫、関係ないよ」

いたずらっぽいミックの顔に、カレンは微笑した。「まじめに聞いて、ミック。新しいフィルムとか機材とか、何かいつもと違うものを使っているって姉から聞いたことはない？　現像の関係のものでも何でも」

ミックは肩をすくめた。「ぼくが気づいたのは、屋根裏部屋で見つけたとかいう古いカメラだけだな。〈罪なくらい甘いヨーグルト〉社の連中を撮ったんだけど、なかなかおもしろい仕上がりだったよ」

「屋根裏部屋？」カレンの体の中で、奇妙な感覚が渦巻いた。恐怖の始まりのような。

「屋根裏部屋で見つけたカメラを、姉は使ってるの？」

「使ってみてはいたよ。今は興味もうせただろうけど、パーティーのときは写してみたくてしかたがないっていう感じだったな」

「そう」浮かない顔をしてカレンはドアを開けた。「でもきっと、別に関係ないわね。ありがとう、おじゃましました」

「また明日かあさって、ぼくも様子を見に行ってみるよ」

カレンはうなずくとミックの会社を後にした。車に戻るまでの間、カレンはその古いカメラがどうも例のマーカス老人と関係があるような気がしてならなかった。そういえばセアラは、最近ちっとも彼の話をしない。それ自体が変ではないか。

病院に戻る前に、セアラの家に寄ってみることにした。合鍵《あいかぎ》で中に入り、暗室に行くと、三脚の上に相変わらずその古いカメラはのっていた。さっとフックをはずし、紙袋に入れ、カレンはそれを病院に持っていった。

セアラはきっと何かとんでもないことに巻き込まれている。それをいくら否定しようとしても、気持ちが沈んでいくのをカレンはどうすることもできなかった。何が起こっているのか、ひとりででも必ず突き止めてみせる。このカメラとの関係も……。

膝に空の食器ののったお盆をのせて、セアラは枕にもたれかかっていた。スープとゼリーだけの食事でも初めて喉を通ったのだから回復はしているのだろうが、思いのほか時間がかかっているのが気になった。旅をするごとに体へのダメージは大きくなっている。回を重ねれば、命だって危ういだろう。それでも、マーカスのもとへ戻らないわけにはいかない。

小さなノックの音が聞こえ、見るとカレンが病室に入ってきた。あの顔は、心配しつつも腹を立てているときの顔。でも、セアラに思いあたるふしはなかった。「何かあったの?」

「どうして何かあったなんて思うの?」

「顔にそう書いてあるから」

カレンは作り笑いをした。「そんなことないわ。具合はどう?」

「食べたわ」そう言いながらセアラは空の食器を目で示し、そして今度は両腕をあげた。

「ほら、見て。点滴もなし」

「すごいじゃない」カレンの顔が少しだけ明るくなった。「先生は何て?」

「あと二、三日で退院できるかもしれませんねって」お盆を脇のテーブルにどけた。「でもわたしは、いいえ、明日には退院しますって言ってやったの」

「セアラ」

叱《しか》るような口調を聞くと、伯母を思い出す。セアラは妹にほほ笑みかけた。「だって、どうしていつまでもこんなところでぼんやりしてなくちゃいけないの? ほかにやらなきゃならない大切なことが、いくらでもあるってときに」

「大切なことって、たとえば?」カレンの顔には、またさっきの表情が戻っていた。

「たとえば……仕事よ。ミックだって、スケジュールを全部先送りできたわけじゃないし」

「あら、でもミックは言ってたわよ、セアラのことはあてにできないって。誰もできないわよね」

セアラは妹をにらみつけた。「カレン、何なの？　言いたいことがあるなら、はっきり言ってよ」

カレンの目にたちまち涙がこみあげたのを見て、セアラはあわてた。

「カレン？」

「だってあなたは、ちっとも本当のことを言ってくれないじゃない。その理由が、わたしにはさっぱりわからないのよ！」頬を上気させたカレンは、セアラの目には、すっかり昔の悩み多き少女に戻っていた。

「本当のことって、何についての？　わたしが何を隠しているっていうの？」

「たとえば、ボーイフレンドよ。どうしてわたしには話してくれないの？」

ミックね……。セアラは歯ぎしりしながら、彼のおしゃべりを呪《のろ》った。さあ、何かもっともらしい説明を考え出さなければ。

「カレン、わたしにはボーイフレンドなんかいないわ。もしミックから聞いたのならね、それは彼があんまりしつこく誘ってくるから、そう言って断っただけのことよ」

カレンは首を振った。「違うわね。あなたが何か隠しているのはわかるのよ。いいの、隠すのはあなたの勝手だし、それでわたしが傷つこうがあなたには関係のないことだから。そんなことは問題じゃないの、本当に」言葉を切って、カレンはティッシュをつかんで鼻をかんだ。「でも、あなたの病気の原因を見つけることは、わたしにとってすごく重要なことなの。なのにあなたったら、ちっとも協力してくれようとしないんだもの」

「ウイルスよ。お医者さんもみんなそう言ったじゃない」

「だったらどうして二度もかかるの？　ウイルスが原因なら、一度治って、またかかるなんてことはあり得ないわ」

セアラは困り果てて首を振った。「それじゃ、あなたはいったい何が原因だと思うの？」

カレンは顔を近づけた。その目は、まだ涙でいっぱいだった。「わたしはね、何らかの衝撃を浴びたんだと思ってるの」バッグをつかみ、カレンは中を探った。「セアラ、よく考えて。具合が悪くなったとき、これで何かやってた？」

つかみ出されたカメラを見るや、部屋じゅうがぐるぐるまわり始めた。セアラの世界は崩れ、マーカスのもとに戻れるたったひとつの手段がその手の間をすり抜けていく。

「いいえ、何もしてないわ！」セアラは大声で否定しながらベッドをおり、カメラに手を伸ばしてよろめいた。驚いたのはカレンのほうで、カメラを持ったまま思わず後ずさりした。「返してよ、カレン。それは骨董《こっとう》的価値のあるカメラで、落としたりしたら大変なんだから」

　汗が吹き出してきたのが、セアラ自身にもわかった。心臓はどくどく鳴っているし、おまけにこのいまいましいモニターのコードのおかげで、これ以上カレンに近づけないのだ。

「いいから答えて、セアラ。具合が悪くなったとき、これを使っていたの？」

「だから、使ってないって言ってるでしょ！　そのカメラとは何の関係もないわ」

「これ、屋根裏部屋で見つけたんですってね。ミックから聞いたわ。あのスティーヴン・マーカスとかいう老人との関係は？」

　呼吸がだんだん重くなり、やがて十分な酸素を取り込むことも難しくなった。「彼の名前はマーカス・スティーヴンズよ。彼とも何の関係もないわ。カレン、いくらなんでもやりすぎじゃない？　お願いだから……カメラを、返して」

　ばんとドアが開き、看護師が駆け込んできた。「モニターが警報を鳴らしてますよ」看護師はセアラをベッドに戻し、脈を確認するとすぐに医師を呼んだ。

　セアラの目はその間じゅうカメラを見つめ、カレンに震える手を伸ばしながら、返して、と懇願していた。

「いったいどうしたんですか？」看護師がカレンにたずねた。

「さあ。わたしが興奮させてしまったみたいで。大丈夫でしょうか？」

　看護師は答えなかった。セアラの血圧を測ったり、口に体温計を突っ込んだり、忙しいのだ。医師もあわててやってきて治療を始めた。

医師や看護師に体じゅうを小突きまわされようが、セアラの頭にはカレンの持つカメラのことしかなかった。涙を浮かべ、かすれた声で訴える。「カレン、お願い……」

ふいに注射を打たれたセアラは、痛みでびくっと体をこわばらせた。すると、たちまち眠気に襲われ、頭がぼんやりしてきた。ああ、眠ってしまう。そう自分で感じながらも、何かが彼女を引きとめた。

「カレン、それはとても大切なカメラなの」かすかな、遠い声でセアラはささやいた。

「だから、お願い……彼のもとに帰らなくちゃ……」

カレンが姉の手にカメラを戻したときには、セアラはすっかり眠りにのまれていた。

11

戦争に行って以来、一度も足を踏み入れたことのなかった聖テレサ・カトリック病院だが、いざロビーに入ってみると何も変わっていないことにマーカスは気づいた。懐かしい消毒液のにおい。人は声を落としてしゃべり、その脇《わき》を看護師が急ぎ足で通り過ぎていく。

彼はジーンの部屋を見つけ、どうせいないだろうと思いながらノックした。この時間は診察中だろうから、借りたものだけ置いて帰ればいい。

ところが中から本人の声が返ってきた。「どうぞ」

マーカスはドアを開け、笑った。「よう、悪友」

「マーカス！」ジーンは椅子から飛びあがって、握手をしようとデスクをまわってきた。「おまえがおてんとさまに顔を見せるとは信じられんな。日の高いうちは家から出ないって決めたのかと思ってたよ」

「そんなことはないさ」

荷物に気づいたジーンは、マーカスの手から取りあげた。「何だ、わざわざ返しに来たのか。そのうち寄ろうと思ってたのに。患者の具合は?」

「ああ。すっかりよくなったよ」

マーカスは、そう言っているうちにもまた彼女が向こうで同じ病に苦しんでいるかと思うと気分が悪くなって、無言の祈りを捧《ささ》げた。どうか、無事、切り抜けてくれますように。もし、それができなかったら……。

ジーンは鞄《かばん》を机に置いて言った。「なぜ彼女を病院に運ばなかった?」

「彼女? どうして女と決めてかかる?」

ジーンは、守り抜いた秘密をやっと明かせるときが来たとでもいうように、にっこり笑った。「聞いたんだよ。先週の土曜の晩、ブルネットの美人とデートしてたって」

マーカスはぐるりと目をまわした。「どこの店にも入らなかったんだぞ」

「ソリタ・シンプソンによれば、雑貨屋で見かけたって話だけどなあ」

「ああ、雑貨屋なら入ったよ。ほかに彼女、何か言ってたかい?」

「いわく、そのレディーが、戦争以来初めておまえさんの笑顔を引き出したってさ」

今はその笑顔を見せる気分ではない。「そうか。そうかもしれないな」

「で、いつ会わせてくれる?」

「会わせない」

どうしてだと訴えかけてくるジーンを横目に、マーカスはドアに向かった。どうせ話せないことだ。セアラはもういないし、二度と戻ってこないかもしれないし、仮に戻ってこられたとしても長居はできない。八方ふさがりもいいところだ。

「どうしてだめなんだ？」ジーンがたずねた。「おれを会わせるのが恥ずかしいのか？この昔なじみのおれを？」

「違うよ。ただ彼女は……ぼくたちはそういうんじゃなくて……ほら、ぼく自身がまた会うかどうかもわからないから」

「つまり、遊びだったたってことか？」

うんと言ってしまえばどれだけ簡単かはわかっていたが、どうしてもマーカスには言えなかった。「縁がなかったんだよ。どうもうまくいかないことが多くてね」ジーンの心配はわかった。けれどどうすることもできず、マーカスはドアに手をかけた。「いろいろ助かったよ。ありがとう。おまえがいなかったら、どうなっていたかわからない」

部屋を出ていくマーカスを、ジーンはぼんやりと見送った。

セアラの翌日の目覚めの気分は最悪だった。病院のベッド。そうだ、医者に鎮静剤を打たれて……。無理やり眠らされたことがわかると猛烈な怒りがたぎってきた。体を起こして見ると、カレンは平然と新聞を読んでいる。

「カレン、わたし、どのくらい眠った？」

「さあ、十時間くらいかしら。あんまり興奮してたから、お医者さまが鎮静剤を打ってくださって」

「おかげで、まんまとノックアウトさせられたわよ」セアラはベッドからおり、クローゼットに向かおうとしてよろめいた。あわててカレンがさしのべた手を、さっと払いのける。「わたし、ここを出るわ」

「そんな……ばかなこと言わないで！　そんな体で退院できるはずがないじゃないの」

セアラは背を向け、クローゼットのドアをつかんだ。「カレン、カメラはどこ？　人のカメラに、あなた何をしたの？」

カレンは自分の耳を疑った。「家に持って帰ったわ。あれがあると何だか心配で――」

「取りに行くわよ、今すぐ」妹が用意しておいた洋服にセアラは手を伸ばした。

「セアラ、だめよ、そんなこと！　まだ退院の許可だっておりてないのに！」

「許可なら自分で出すわ」さっさと寝巻きを脱ぎ、ブラウスを着る。「ねえ、何もしていないでしょうね？」

「何もしていないって、何に？」

「カメラに決まってるでしょ！　壊したり分解したりしてないでしょうねと言ってるの」

「そんなこと、するわけないわ！」

「ああ……よかった」スカートをはき、壁に寄せてあった靴に足を入れる。「さあ、行きましょう、カレン」

カレンは唖然《あぜん》とした。まったく信じられなかった。「セアラ、いったいどうしたのよ？　あんなカメラの、どこがそんなに重要なの？」

セアラは震える手を額にあてがった。「言ったでしょう、骨董《こっとう》的価値があるって」

「だから、鎮静剤を打たれていても起きあがって、酔っ払いみたいにぶるぶる震えながら病院を抜け出して、わたしが何ともないって言ってるのに確かめに行くというわけ？」

「人に自分のものをいじられるのは嫌いなの」

「まあ、いつから？　わたし、あなたのものをいつもいじくりまわしてばかりいるのに」

「だったら、金輪際やめて！」残りの荷物を放《ほう》り込んで、セアラはバッグのファスナーを閉めた。「行くわよ」

「でも、看護師さんは……。ねえ、誰にも知らせないっていうのはよくないわ」

「じき、わかることよ」ドアに向かおうとすると、セアラはさっそくめまいに襲われた。倒れる前にカレンが支え、椅子に座らせた。「やっぱり、許可がおりるまではここにいなくちゃだめ」

「だったら退院の書類をここに持ってきて。わたしは退院するわよ、カレン。あなたが助けてくれようがくれまいがね」

降参とばかりにカレンは両手をあげ、受付の方へ飛んでいった。セアラは両手に顔を埋《うず》め、この具合の悪さは薬のせいなのか、それとも回復が本当に遅いのかといぶかった。いくらなんでも時間のかかりすぎだ。これでは、一生よくならないのではないかという気さえしてきてしまう。

カレンと一緒に看護師がふたりやってきて、寝ていなくてはだめでしょう、とセアラを叱《しか》った。けれど、何と言われようとわたしは出ていくとセアラが言い張ると最後には折れ、必要書類を揃《そろ》えて退院させてくれた。

カレンの家へ向かう途中、黙りこくって運転を続ける妹のかたわらで、セアラもカメラのことで頭がいっぱいだった。車寄せにカレンが車を入れた瞬間、セアラはもうドアを開けていた。「カメラはどこ?」

「もう、セアラってば……。書斎よ。何をそんなにあわてているの?」

おもむろにバッグをつかみ、玄関に向かう妹の後ろを、セアラはじりじりしながらついていった。

ジミーがふたりを出迎えた。「セアラ! 今日退院だったんですか、ちっとも知らなくて」

返事もせずに義弟を押しのけ、セアラは書斎に行った。後ろでカレンのひそひそ声が聞こえる。カメラはない。どこよ、と癇癪《かんしゃく》を起こしそうになったとき、本棚の上の方からカレンがおろしてくれた。

「はい。あなたの大切なカメラ」

実際にこの目で見、壊れていないことを確認したときの安心感といったらなかった。これだったら、今はもう効き目がなくなったなどということもなさそうだ。

でも、百パーセント安心できたわけではない。そもそも不思議な力があったこと自体、根拠も何もないことなのだ。もし、何年もの間ずっとあの家にあったからこそ効果を発揮したのだとしたら？　家の外に出したことによって、魔法が解けてしまったとしたら？

セアラは赤ん坊を抱くようにカメラを抱え、ソファに座った。「ありがとう、カレン。カメラ、無事だったのね」

緊張が解けたのか、カレンはわっと泣き出し、姉の隣に座り込んだ。「ねえ、セアラ、お願いだから本当のことを聞かせて。いったい何がどうなってるの？」

セアラは背もたれに頭をのせた。「世の中にはね、どうしても理解できないこともあるのよ。何年かかっても理解できないことも」

「相手の人、結婚してるのね？」

「何の話をしてるの？」

「あなたが好きになった人よ。さもなければ人種が違うか。ね、どっちなの？」

「どっちでもないわ」うんざりしたようにセアラは言った。「全然そんなことじゃない」

こみあげてきた涙を拭《ぬぐ》い、妹に目を向けると、その言い方がどれだけカレンの心を傷つけたかに気づき、ひどい自責の念にかられた。カレンはわかっていない。でも、それはカレンのせいじゃないし、わたしにはこんなふうに妹を傷つける権利はまったくないのだ。

「ごめんなさい、感じ悪くして。そんなつもりはなかったんだけど」

「いいの、わかってるから。ただわたしはね、あなたを失うような気がしてならないのよ。そしていちばんつらいのが、それがどうしてなのか、あなたを誰に取られるのか、まったくわからないことなのよ」

セアラはカレンの手を取り、何とか真実を打ち明けられないものかともう一度考えてみた。だが、やはり打ち明けたところで頭の心配をされるのがおちだろうし、逆に万一カレンが信じたら、それこそ二度とマーカスのもとには戻らないようにと止めるほうに必死になるだろう。やはり言えない。全部は言えないけれど、気持ちを軽くしてあげる程度に打ち明ける方法はないだろうか。

「ねえ、カレン。わたしって子供のころ、誕生日パーティーとか苦手だったじゃない」

「今だってそういうところあるわ」

「そうね。何だかどこに行っても場違いなような気がしてね」姉は妹から目を離し、じっと宙の一点を見つめた。「そしてデートをすれば、これまたしっくりこない人ばっかり。理想のタイプとは似ても似つかなくて。わたし、ときどきね、この時代に生まれたことが何かの間違いじゃないかって思うことがあるの。もっと昔に、すべてがもっとシンプルだった時代に生まれていれば、わたしもずっと楽に暮らせていたんじゃないかって」

言葉の裏の意味をカレンが必死にたぐっているのがわかった。けれど、これ以上具体的に話すわけにはいかない。

「でも……あなたは不幸なわけじゃないわよね？　幸せな人生を送ってるわ。やりがいのある仕事、友だち、わたしもいるし……」

「でも、わたしだけのものとは言えないわ。これまで、わたしだけのと言えるものは何ひとつなかったのよ」

「それは双子の運命よ」

「あなたにはジミーがいるじゃない」

「あなたにだってすぐに見つかるわ。焦らないで。この人だって思えるような人にきっと出会えるから。そうするとね、すべてがぴたっとおさまるのよ」

「そもそもその人と出会うために、すべてを捨てなければならないのでなければね」

カレンは顔を歪《ゆが》めた。「いったい何の話をしてるの？」

セアラは、これまで一度も見せたことのない、真剣な食い入るようなまなざしをカレンにすえた。「カレン、もしわたしが急にいなくなって、二度と戻ってこなかったとしたら、わたしはどこかできっと幸せにやってるって思うことができる？　やっとふさわしい場所を見つけて、自分だけのものを見つけて暮らしているって」

カレンの顔はますます歪み、涙がはらはらと頬を伝った。「どこへ行くの、セアラ?」

セアラはぎゅっと妹の手を握った。マーカスのところよ、カレン。彼を愛しているの。彼なしでは生きていけないのよ——そう答えるかわりに、首を横に振っていた。「どこかはわからないわ。ただ、仮にわたしがいなくなったとしても、あなたはふさぎ込む必要はないって言ってるだけのこと。ジミーがついててくれるんですもの、わたしがいなくたって幸せにやっていけるわ」

「わたしにはいつだってあなたが必要よ。わたしたちは、ふたりでひとりじゃないの」

「そのとおりよ。でもそれは、何かによって変わるようなものじゃないでしょう? ただ一緒にいないからって失われるようなものでは決してないわ。犠牲が必要なこともあるのよ。選ばなくちゃいけないことも。つらい選択だけれどね」

ただ泣きじゃくるばかりだったカレンが、ようやくかすれた声でつぶやいた。「わたしは、ただあなたの言っていることの意味がわかればと思うだけよ。どうして心が読めないのかしらね、いちばん必要なときに……」

セアラはカレンを抱き寄せ、ひっそりと泣き続ける双子の妹をじっと抱いていた。

その夜遅く、カレンは今度はジミーの腕の中で涙を流していた。一時間も泣いて、涙でくしゃくしゃになった顔を、彼女はようやくあげた。「セアラの病気、きっと治らないいんだわ」

「どうして？」

「わたしには言わないけど、セアラは自分の病気のことをよく知ってるのよ。原因もわかってるのかもしれない。でも、わたしに心配かけたくないから黙ってるのよ。でなかったらどうして、自分がいなくなってもふさぎ込む必要はないなんてわたしに言うの？」

ジミーは妻を抱き寄せた。「どうしてだろうね。でも、カメラとの関係はどうなるんだい？」

「ああ、それさえわかれば……。ジミー、もし万が一のことがあったら、わたし、何をするかわからない」

「しーっ」ジミーは腕に力をこめた。「何も起こりやしないよ。セアラはきっとよくなる」

階下のゲスト・ルームでは、ひとりベッドに横たわったセアラが天井を見つめていた。温かい抱擁がほしかった。おかしくなったこの人生にも解決策はきっとあると励ましてほしい。

心の底からマーカスに会いたかった。

今ごろ彼は何をしているだろう。まだ待っていてくれてるわよね？　でも、カメラを動かしたことで、もしもその力に影響を与えてしまったとしたら？　もし二度と彼のもとにそんな眠りの中にあっても、セアラの心はなおもマーカスを探し求めていた。

眠ろうとしても涙がこみあげるばかりで、ようやく眠れたのは、疲れ果てたからだった。

それに、どうしていつまでもこんなに体がだるいの？

戻れないとしたら？

・

マーカスはさっぱり寝つけず、とうとうベッドから起き出して夜の散歩に出かけた。秋の風が彼のまわりに戯れ、ぼさぼさの髪を吹きあげる。住宅街を抜けて大通りに入り、祖先の眠る小さな教会の前も通り過ぎた。そういえば、セアラが中に入りたいと言っていた。この間は時間がなくてだめだったが、はたしてそんな機会がまた訪れるのか、今は確信が持てない。

四十年以上もまったく変わらないとセアラが言っていた橋に向かって、彼はさらに歩いた。あの橋の上に立ち、あたりを見晴らし、本当にそっくりだと感嘆の息を漏らしたセアラ。マーカスはふたりが立った場所へ行き、手すりにもたれかかってセアラが隣にいるところを想像した。彼女と並んで立っている。時のカーテンがふたりを隔てているだけで。

ゆったりと川は流れていた。その流れを見つめながら、人生の折々につくづく自分を魅了してくれる川だとマーカスは感心した。子供のころはよく泳いで遊んだ。流れのきつい場所があるから橋のそばでは泳ぐなと両親に言われ、そう言われると試してみたくなるのがつねだが、数少ない冒険は両親の正しさを裏づけただけだった。

学生時代にジーンや、連絡を絶って何年にもなる友人たちと、ここの河原でキャンプをしたこともある。火をおこしてホットドッグを焼き、お化けの話をしあい、蚊を引っぱたき、そうして夜中の川泳ぎを楽しんだ。

すべては遠い昔だ。

そして、さほど遠くない昔、戦争の記憶にさいなまれた心が限界に達しそうになったときには、やはりこの場所から川を見つめていた。魂の逃げ場として。苦しみを終わらせる手段として。

けれどセアラとの出会いが、すべてを変えた。今はこの川が、マーカスにとってふたりの絆《きずな》だった。いつの時代にいようが彼女も毎日この川を見つめ、その美しさを思い、心のよりどころにするのだ。

セアラが戻ってきてくれるかもしれないと思うだけで、川を見ても破滅的なことは何も考えなくなった。生きてセアラに会えるなら、たとえそれがあと一度だけであろうとも、何年でも待っていたい。

やがて橋を折り返したマーカスは、ひょっとするとセアラが家で待っているかもしれないと希望を抱きながら家路についた。それがむなしい願いであることは、心の奥ではわかっていた。

12

体力をつけようと、セアラはジョギングを試みた。しかし、すぐに息が切れて、歩かざるを得なくなった。ジョギング・パンツは今ではひとサイズは大きすぎて腰にぶら下がっている感じだが、浮き出てきたあばら骨のほうはぶかぶかのシャツが隠してくれている。

体力を取り戻すのに予想外の時間がかかっていた。つねに疲労感に悩まされ、食事もろくに喉を通らないのでわずかの量を何回にも分けて食べている。何だか体が衰弱していく病気にでもなったような気分だ。実際、二度のタイムトラベルのせいで発病したのかもしれないと、セアラは重い足を引きずりながら思った。

いいえ、体力の回復に数カ月かかることだってあるわ。

きちんとカメラが彼のもとに自分を運んでくれるかどうかもわからず、くよくよと惨めに待ち続ける数カ月。

橋の真ん中まで来たところで、セアラは引き返すことにした。ひどい動悸《どうき》がした。そして、ふらっとめまいがして、その場に座り込んでしまった。

一生こんなことを続けていくのだろうか。腕の間に頭を下げたまま、セアラは思った。彼のもとに戻り、体が弱り、カレンに呼ばれ、ますます体は悪くなる。そして数カ月の回復期間をおいて、また同じことの繰り返し。それ以外に彼と会う方法はない。けれど、体に与えるダメージと惨めさを思うと、そんなことをいつまで続けていられるのかとだんだん弱気になってくる。

でも、彼の時代にとどまる方法さえ見つかれば……。

いや、カレンが呼ばないはずはないのだから、そんなことは不可能だ。それにマーカスと一緒にいたいと思うのと同じくらい、やはりカレンと二度と会えないのはつらすぎると思う。

動悸がようやくおさまり、呼吸も楽になったところで、セアラは家へと道を戻り始めた。教会のところで寄り道し、裏手の墓地にまわってみた。雑草が伸び放題でひどいありさまだったが、セアラにとっては感慨深かった。こんなところに彼の身内が眠っていたのだ。ご両親に伯父さん、伯母さん、お祖父《じい》さん、お祖母《ばあ》さん……。

墓碑のひとつから蔓《つる》を引きはがして、名前を読んだ。クローディア・スティーヴンズ・ボイド。一八九〇──一九四九。セアラは笑みを浮かべ、マーカスの伯母さんかしらと思いながらそっと石に触れた。隣の墓碑はウイリアム・ボイド。きっとご主人ね。一八八八──一九五五。マーカスにとっては、まだ亡くなっていないんだわ。

ほかは、見ていってもわからない名前が続いた。と、もうひと組、スティーヴンズ家の夫婦の墓標に出くわした。マーカス・スティーヴンズ・シニア。碑名はそう彫ってある。一八九五―一九五〇。

マーカスのお父さんだろうか？

セアラは隣の墓標から蔓をむしり取り、こびりついた土を削り落とした。アマンダ・スティーヴンズ。一八九八―一九四七。亡くなったのは、わたしがマーカスに会ったときからさらに六年前……。

彼はここに、家族と一緒に眠るべきだ。墓標に寄りかかりながら、セアラは思った。どうして誰もそうしてあげなかったのだろう。それを知っている人が、どうして誰もいなかったのだろう。お葬式にほんのひと握りの人にしか来てもらえないような寂しい老人に、どうして彼はなってしまったの？　両親や親族と共に眠ることもできたはずのときに、なぜあんな縁もゆかりもないありきたりの墓地に、あんな粗末な柩《ひつぎ》で埋められなければならなかったの？

わたしが移してあげればいい。雑草だらけの墓地を突っきって、セアラは家へ向かった。わたしがきれいに掃除し、お墓全部に花を植え、そうしてマーカスの柩をおさまるべき場所に移してあげるのだ。

だが、自分の家のある通りへと曲がったころ、彼女は現実に気がついた。彼は死んでしまって、もういない。不本意な人生を送らなければならなかったマーカス。その末にどこに埋められようが、いったいどんな違いがあるだろう。

セアラを探すことに彼は一生を費やした。地獄の責め苦が過ぎるのを、ひたすら待ち続けたのだ。

セアラはどんどん早歩きになり、気がつくとまた走り出していた。家のすぐそばまで帰ってきた今、体力というより、一刻も早くマーカスのもとへ戻らなければという決意が彼女を走らせていた。彼にもう一度会って、たとえふたり一緒に暮らせる方法が見つからなかったとしても、彼が二度と人生をむだにしないように、きちんと話さなければいけない。彼が好きなことをみんな諦《あきら》めなくてもいいように。大家さん以外に誰も気づかってくれる人のいないような寂しい老人にならないように。

マーカスは、運命を変えなければいけないのだ。そしてそれを助けられるのは、わたし以外にいない。

セアラは家の中に駆け込んだ。心臓はどくどく胸を打ち、息も絶え絶えになりながら、そのまま転ぶようにして暗室に入った。今すぐ彼のもとに帰ろう。体がもたなくたって、彼がきっと助けてくれる。彼にはそれができる。

頭がくらくらした。ほとんど気を失いそうになりながらやっと椅子に座り、膝にカメラを置いてじっと見つめるうちに、熱い涙が頰を伝った。やっぱりだめだ。こんな状態では、まだとても帰れない。旅で死んでしまっては元も子もないのだ。心臓と肺をもっと強くしなければ。まだ旅をしないうちからめまいがしているのも、とうていい兆候とは言えない。

それでも……。セアラは早く元気になりたくてなりたくてしかたがなかった。早くしないと頭までおかしくなってしまいそうだ。

いつものとおり橋を渡って家へ帰ろうと車を走らせていたカレンは、その手前の教会の前にセアラの車を見かけ、眉をひそめた。自分も姉の車の横に車を止めて降りてみたが、肝心の彼女の姿が見当たらない。「セアラ?」

建物の裏のほうから声が返ってきた。「こっちよ、カレン。裏側!」

建物をまわっていくと、カレンが存在すら知らなかった墓地が目の前に開け、膝丈ほども雑草が生い茂ったその墓地の真ん中に、作業手袋をした姉が立っていた。脇《わき》には雑草が積みあげられ、土で汚れた顔には汗が光っている。

「セアラ、いったいこんなところで何してるの?」

「掃除よ」憑《つ》かれたようにセアラは雑草を抜き続けた。「かわいそうに、みんなすっかり忘れられてしまって。誰かが手入れしてあげればいいんだけど、ここまでなっちゃうと大変よね」

カレンは仰天して、ぽかんと口を開けた。またただ。まったくセアラらしくもない、人生始まって以来の奇怪な行動がまたひとつ。「セアラ、庭仕事は嫌いだったわよね?」

「だから、庭仕事なんか誰もしてないでしょう?　掃除よ」セアラは立ちあがり、手袋をした片手で髪を払った。「だって、見て、カレン。こんなにすてきな墓地なのよ。ここに眠っている人たちは、だいたいみんな生まれたのが十九世紀でね。どうして忘れられてしまったのかしら?」

「さあ、どうしてでしょうね」カレンは、ただ姉を見つめるだけだった。どうせみんなもう死んでしまったのだから、お墓の外観がどうでも関係ないというようなことを言おうかとも思ったのだが、受け入れてもらえる気がしなかった。「セアラ、ミックが探してたわよ。電話してるのに出ないって」

「だって家にいないんですもの、出られないわ」セアラは笑った。

「そうよね。でも、また何かあったんじゃないかって、わたしまで心配になっちゃって。こんなところにいるとは夢にも思わなかったわ」

「ミックは何の用ですって?」

「いつから仕事に復帰できるか、知りたかったんじゃない?」

セアラは膝をついて、ふたたび草むしりに戻った。「仕事はまだ無理ね。体調が万全じゃないんですもの」

「だったら、こんなところで草むしりだってしていないほうがいいわ。セアラ、いったいどうしたの？　子供のころ、ウィル伯父さんに庭の掃除を手伝えって言われると、お小遣いを全部賄賂《わいろ》に使ってもわたしに代わりにやってくれって頼みに来たじゃない。それほど嫌いだったくせに」

セアラは笑った。「そのとおりだわ。ねえ、また手伝ってよ。あなたのほうが経験豊富なんだから」

「話をそらさないで」

「そらすも何も、わたしはただここをきれいにしているだけよ。話なんてもともとないわ」

墓標から蔓を引きむしり、そこに刻まれた文字にセアラがそっと指をすべらせるのをカレンは見ていた。近づいて読んでみると、認めた名前はスティーヴンズ……。

カレンは隣の墓標にも視線を走らせた。「マーカス・スティーヴンズ・シニア、アマンダ・スティーヴンズ」すばやく姉に目を戻す。「いったいどういうこと？」

セアラはさらに蔓をむしって積みあげた。「たぶん、彼のご両親だと思うの。名前が同じなら彼のほうにはジュニアがついていたはずだけど、でも、気づかなかっただけで、つじつまは合うわよね」顔をあげると、カレンは怯《おび》えたような顔をしていた。「カレン、どうしたの？」

「相変わらずだったのね。その妄想からは脱したと思ってたのに」

「ええ、脱したわよ。誤解しないで。たまたまここを通りかかって、彼の家族のお墓を見つけただけだから。彼はここに埋葬されるべきよ、そうでしょう？　誰も知らなかったのね。だから、わたしが移してあげようと思って」

「移すって……柩を？　まさか冗談よね？」

「どうして？　家族と一緒に眠るのは当然じゃない？」セアラが振り仰ぐと、妹は泣いていた。「どうしたの、カレン？」

カレンはがっくりと膝をつき、セアラの体に腕を巻きつけた。そしてきつく抱きしめてくるカレンに、セアラは同じことを返した。妹の体がわななないているのがわかった。肩に顔を押しつけ、嗚咽《おえつ》を噛《か》み殺している。

カレンはどうして泣いているのだろう。体を離して顔をのぞくと、カレンが何かにひどく傷ついているのがわかった。何か恐ろしいことに。

まさか！　セアラははっとしてたずねた。「わたしのこと、おかしくなったと思ってるのね、そうでしょう？」

カレンの唇が歪《ゆが》み、呼吸と嗚咽が一緒になって引きつったような声が漏れた。「だって……どうかしているとしか思えないじゃないの。最近、あなたのしていること全部がよ。家にずっといるのにカンクンに行くって言ったり、古いカメラにあんなに執着したり、それに今回は……」声はとぎれ、カレンは蔓におおわれた墓標を目で示した。そうして姉の頬に手を触れ、そっと包み込むようにしながら言った。「あなたのことが心配なのよ。ね、お医者さまに相談しましょう。誰かの助けが必要よ。わたしひとりじゃ、どうしたらいいのかわからないわ」

「助けなんかいらないわ」セアラは立ちあがった。「カレン、わたしは正気よ。大丈夫」

「そうね、きっと自分ではそんなふうに感じないんでしょうけれど、でも、本当にひどい熱だったのよ。だから、もし……もし脳に障害でも出ていたら？　もちろんそんな深刻なものじゃなくて、簡単に治療できるたぐいのちょっとした感染とか……」

「脳障害なんかないわよ！　わたしはおかしくなってなんかいないわ」

「だったら、どうしておかしなことばかりするのか教えて。しかも、そんなに痩《や》せて。どうして何も話してくれないの？」

セアラはまた膝をつき、遠くを見つめた。「あるひとりの人間が、愛する家族と同じ墓地に埋葬されるべきだと思っただけで、わたしはどうかしているの？」

「執着のしかたがあんまりひどいからよ！　薬のせいかしら、それとも――わたしにはわからない。とにかくお医者さまに相談して、セアラ」

「わかったわ」カレンを落ち着かせるために、セアラは言った。「午後にでも予約を入れるわね」

「いいえ、予約はわたしがするわ。そして今日の午後じゅうにあなたを連れていくの。だから、さあ、今すぐ一緒に来て。早く着替えて支度しなくちゃ」

「だめよ！　まだここが終わってないわ。みんなきれいにしなくちゃいけないんだから。誰かがしなきゃいけないことだもの、わたしがやるって決めたの！」

「何てこと……」カレンは口に手をあて、ふたたびむせび泣いたが、やがてがっくりと両腕をたらしてうなずいた。「わたしはわたしのやり方でやるしかないわね」

車へと戻っていく妹の背中にセアラはたずねた。「いったいどうするつもり、カレン？」

「あなたしだいよ」

「わたししだいって？」

カレンは答えなかった。そして一度振り返っただけで、セアラが追いつく前に車を出し、走り去っていった。


くたびれ果てて家に帰るころには、セアラは、カレンの行動なら予測がつくはずだと確信していた。逆の立場なら自分がしたことだ。自分だったら、カレンのためになると思えば何でもする。病院に行かせるためなら、どんな手段だって使うだろう。

そこまでおかしくなっていると、カレンは信じきっているのだろうか。

とにかくカレンのしそうなことを考えてみよう。罠《わな》を仕掛けて、自分の足で病院に行かせるようにする？　それとも、病院のスタッフをよこして、脱獄者に手錠をかけて連れ戻すようにする？

考えただけで、ふつふつと怒りがわいてきた。そして、そこまでカレンを追いつめたのは誰なの、ともうひとりの自分が対抗する。

カレンはわかっていないだけなのだ。いちばんの得策は、真実を打ち明けることかもしれない。全部でなくても、干渉されない程度に。

でも、どうやって？　わたしはタイムトラベルをしました？　一度ならず二度も？　もう死んでしまって土に埋められている人と恋に落ちて、元気になったら何よりまた彼に会いに時代をさかのぼりたい？

それこそ、姉は頭がおかしくなったというカレンの疑いに確信を持たせるだけだ。

お手上げだ、とセアラは思った。頭がおかしくなったと思わせたまま、そうでないことを証明する以外にないだろう。けれど、もしカレンがすでに行動を起こしていたら？　家やカメラから無理やり引き離され、検査がすむまで病院に閉じ込められてしまったら？　そんな危険はおかせない。たとえそこにカメラを持っていけたとしても、家の外では効力があるかどうか疑わしい。マーカスのもとに戻るなら今しかない。でも、どうやってカレンに呼ばれないように？　一時間やそこらで呼び戻されるはめになったら、今度こそ本当におしまいだ。

セアラはさっと受話器を取りあげ、カレンに電話をかけた。

「もしもし」出てきたのはジミーだった。

「セアラです。カレンは？」

「あ、その……町にちょっと用事があって……」

わたしのお医者さんとの？　そう言おうかとも思ったがやめておいた。「それじゃ、伝言を頼んでもいいかしら」

「ええ、もちろん」

「急にこの週末、町を離れることになったの。撮影のやり直しが決まって。でも、二、三日で戻れるからってカレンに伝えてくれる？」

「行き先は？」義弟の声は切迫していた。

「ただの小さな町よ、州の北のほうの。名前を聞いたこともないようなところ」

「でも、大丈夫なんですか。つまり、病気がぶり返すってこともあるし……」

「体なら大丈夫よ、ジミー。カレンにもくれぐれも心配しないように伝えて。それから、ミックに連絡とったりしないでって。わたしがへまをしたことをミックは知らないし、気づかれる前にやり直しておきたいからって」

義姉の言葉の真偽を探るように、ジミーは沈黙した。「二、三日だけ延ばせませんか。ほら、体力ももう少しつくだろうし。カレンも考えていることがあるみたいなんですよ

──つまり、あなたと明日出かけたいところがあるらしくて……」

病院に？　お医者さんに見せて、今度はもっと長く入院させたいって？

「あなたから謝っておいて。わたし、もう行かなくちゃ。ジミー、カレンのことよろしくね」

返事も待たずにセアラは電話を切った。大きく息を吸い、よしとばかりに表に出て、車が見えないようにガレージに入れる。そうして中に戻ると、三脚にカメラをセットした。

どうか体がもちますように……。セアラはひとり祈りを捧《ささ》げた。

13

ダイニング・ルームの床にうずくまるセアラの姿を見つけたとき、今回はマーカスも準備ができていた。家に常備できるように点滴台も買ったし、必要な薬は揃《そろ》えたし、医療器具一式も二日前に倉庫から引っ張り出して寝室に用意してある。人工呼吸器もある。小型の心臓モニター、血圧計その他、最悪の事態を想定して、いりそうなものは思いつく限り揃えてあった。

彼女を抱きあげ、急いで寝室に運んだ。ずいぶん軽くなったようだ。長い期間、おそらくは前回の訪問以来ずっと体調を崩したままで、そうして今回またこうやって、自分の体に鞭《むち》打っているのだろう。

脈を診ると、あまりの不安定さにマーカスはあわてて注射を打った。そして、戦渦の野戦病院部隊の医師そのままにたちまち点滴の用意をし、針から患者の腕に、さらに薬を送り込んだ。

セアラはぴくりともしない。

額に手をあてると、燃えるほど熱かった。今日来るかもしれない、今日来るかもしれないと、セアラのために日々かき集めた氷を取りに走り、半ば溶けて大きな塊になっていたそれをハンマーでがんがん砕いて、体を冷やすのにちょうどいい大きさにした。

一歩引いてセアラを見つめる余裕ができたのは、氷で冷やし終わってからだ。彼女が死の扉のどれほど近くをさまよっているか、マーカスはようやく実感した。今回こそは助からないかもしれない。たとえ助かったとしても、帰りの旅で……。

これを最後にさせなければだめだ。セアラに二度とこんなまねをさせてはならない。

ぐったりと腰をおろしたマーカスの目に涙がこみあげた。ふたりの人生の、皮肉で絶望的なめぐりあわせに、彼は泣いた。

セアラが目を覚ましたのは三日後だった。その三日間、マーカスは薬と氷と、そして一時も気を抜くことのない看病でどうにか彼女の命をつないだ。三日間息をつめ、息絶えてしまうのではないかとはらはらしていた。この三日間ほど真剣に神に祈りを捧《ささ》げたことはなかった。

そうして、セアラは目を開けた。その目がまっすぐ自分を見つめてきたとき、マーカスは奇跡に深く感動し、熱い涙を流した。手を握ってやり、そっと頬を撫《な》でたが彼女の意識は長くは続かず、すぐにまた眠りに戻っていった。高熱に相変わらず体を焼かれ、弱りきっているのだ。

　マーカスはすかさず床にひざまずいて、神と、守る以外にしかたのない約束を交わした――どうか彼女を救ってやってください。救ってくださるなら、わたしは喜んでひとりで生き、老いていきます。彼女をわたしから奪ってもいい……ただし、生かしてやってください。

　そしてセアラの病状が好転し、意識もはっきりしてくるにつれ、彼女をこの腕に抱くのも最後とマーカスは覚悟した。


「時間はどのくらいあるんだい？」

　翌日、セアラがベッドの上で体を起こせるようになったところでマーカスはたずねた。

「わからないわ。妹には二、三日町を出るって伝言を残してきたの。守りは固めてきたつもりだけれど、すぐに探しに来るでしょうね」

　彼女は膝の上の食事に目を落とし、あまり食べないほうが賢明だろうと思った。胃が相変わらずむかついていた。トーストを持つ手も、ぶるぶる震えてしまう。

「痩《や》せたね」マーカスが言った。「六、七キロは減っただろう。前回はどんな具合だったんだい？」

　セアラは目をそらし、軽く受け流そうとした。「知らないわ。あんまり大騒ぎされるから、いつまでも入院しているのもいやだったし……」

「無理やり退院したの？」

「しかたがなかったのよ」セアラは目を閉じ、マーカスがあててくれた枕《まくら》に寄りかかった。「カレンにカメラを持っていかれちゃって」

マーカスの声が険しくなった。「なぜ？　妹さんにこのことを話したのかい？」

「いいえ」ふたたび目を開け、マーカスの目を見つめる。「話せなかったわ。だってそんなことを言ったら興奮して、わたしの頭がおかしくなったと思うに決まってるもの。だから話さなかったけど、妹はわたしが放射能か何かにさらされたんじゃないかと思い始めたの。毒物かもしれないとか。それでいろいろ探り始めたときに、わたしの仕事仲間が、そういえば見慣れない古いカメラをいじってたって妹に言ったのね。それであのカメラが悪いんだと妹は思い込んでしまって」

「でも、妹さんは、カメラをどうするつもりだったんだろう」

「さあ。試しに撮ってみるか、分解するか、神のみぞ知るだわ。だからとても病院でおちおち眠っていられなくてね。カメラを取り戻さなくちゃいけないし、とにかく妹が取り返しのつかないことをするんじゃないかと気が気じゃなくて」

「それでこっちにも戻ってきたのかい？　体の準備ができていないのに？」

セアラはじっとマーカスを見つめた。「準備ができてないって、どうしてわかるの？」

「どうしてって、見ればわかるさ。体重の減り方もひどいし、こんなに具合の悪そうなきみは見たことがない。きみが自分の体にしていることは……いいこととは言えないな。自分でもわかってるだろう？　きみはカメラの効力を確かめるために戻ってきたのかい？」

「違うわ……戻る前に体力をつけようとはしたんだけど……」涙がわっとこみあげ、彼女は震える手で顔をおおった。「妹に病院に入れられそうだったんですもの。わたしのこと、おかしくなったと思ってるのよ。そんなところに入れられて、もし出られなくなったらどうする？　あなたのもとに、もし二度と戻ってこられなくなったら」

マーカスに抱きしめられ、腕の中で泣いていると、彼の体も震えていることに気づいた。セアラが顔をあげると、彼の目にも涙が浮かんでいる。セアラはそっとその頬に手を伸ばした。

「マーカス、大丈夫？」

ごくりと唾《つば》をのみ込んで、彼はかぶりを振った。「きみは自分で自分を殺している。毎回、少しずつ。ここに来るのはやめるんだ。さもなければどういうことになるか……」

セアラが顔をそらすと、マーカスは肩をつかみ、前後に揺すった。

「聞いてるのかい？　ぼくは真剣に言ってるんだ。もし帰りの旅を持ちこたえられても、その次の旅ではきっと死ぬ。もう旅はしちゃいけないんだ。二度としないとぼくに約束してくれ」

セアラは激しく首を振った。「そんな約束できないわ」

「しなくちゃしかたがないから言ってるんじゃないか！　約束しなさい」

「いやよ、マーカス！　そんなこと言わないで！」

泣き崩れたセアラを、マーカスはもう一度抱いた。「お願いだよ、セアラ。もう二度と戻ってこないでくれ」

セアラは体を離してベッドをおり、ふらふらと歩き始めた。「今は……今はその話はしたくないの。時間がどのくらいあるかわからないのよ。そんな話より、ほかにすることがいくらでもあるでしょう？」

マーカスは、よろけそうになって壁に手を伸ばしたセアラをすかさず支え、そのまま腰をおろして膝の上で抱きしめた。

「もう、うんざりよ……。あんまりだわ」

セアラの髪にマーカスはつぶやいた。「わかってるよ、セアラ、わかってる」

「これからのあなたの人生を考えてもみて。わたしがしたのは、結局あなたの人生をめちゃめちゃにすることだけ。しかも、その結末もわかってるわ。あなたは、過去をひたすら悔やんで生きていくのよ。そしてその妄想だけを胸に、ひとりきりで、世捨て人みたいに死んでいくのよ」

いつまでも泣き続けるセアラを、マーカスは黙って抱きしめた。「もし……もし、今回は別の終わり方をすると言ったら？」

「どうやって？　どうしてそんなことができるの？　この家にじっと閉じこもって、ただ何かが起こるのを待っていたりはしない。ぼくがそう決めたら？」

セアラは涙を拭《ぬぐ》ったが、どんどん新しい涙がこみあげた。「それで、どうするの、マーカス？　また患者さんを診る？」

「それはだめだ。たぶん研究のほうをやるよ。ぼくは母を結核で亡くしてね、それ以来ずっとそっちの研究をしたいと思っていたんだ。今は肺の患部を取り除くのが唯一の治療法だ。メスを二度ととる気はないが、その方法の有効性とか、あるいはほかの治療法の可能性とか、研究ならできると思うんだ。きみの時代には、もう結核の治療法は見つかってるかい？」

「ええ。でも、それがどういったものかは知らないわ」可能性を探っているのか、きらきら目を輝かせるマーカスをセアラはつかの間見つめた。「マーカス、その分野にそれほど興味があるなら、どうして治療にも携わらないの？　かつては愛していた仕事を、たった一度の過ちで、本当に捨てなくてはいけない？」

「それは」声がこわばった。「ただ、できないんだ、それだけさ。要は、惨めな人生を送らなければいいんだろう？　何かするよ。あと、通りにも飛び出さないようにする。これだけわかっていれば死ななくてもすむだろうし、そうしたら、きみともまたきっと知り合えるよ」

「でも、そのときにはもうお爺《じい》さんなのよ」セアラはまた泣き出した。「人生も、もう終わりじゃないの……」

「しかたがないじゃないか！　どうしてわからないんだ。このままきみがこっちに来続けていたら、きみの人生こそもう終わりだよ！　ぼくのためにきみが死んだと思いながら、残りの人生をぼくに生きさせることだけはやめてくれ。それでなくても人の死にはあいすぎているんだ」

セアラは新たな涙にむせびながら、何も言葉を見つけられなかった。マーカスの言うとおりだ。

「あなたを動かしたいの。あなたの遺体を……」

「何だって？」

「あの小さな教会の墓地に移したいの。あなたのご両親のお墓を見つけたから。お掃除を始めたのよ。あなたはあそこに眠るべきだもの」

マーカスは目を閉じた。「ぼくはどんなところに埋められたんだ？」

「普通の墓地に。木の十字架だけ立てて。ああ、マーカス、わたし、そんなこと耐えられないの。ねえ、あの教会に連れていって。そして本当はどんなふうだったのか見せて。そうしたらわたしが元に戻せると思うの。そしてあなたを移すわ。たいしたことじゃないかもしれないけれど、でも……そのくらいしか、わたしにできることはないのよ」

マーカスはセアラを抱きしめた。このどうにもならない状況をようやくセアラが理解してくれたことが彼にはわかっていた。もう来ないと約束はしなかったものの、必要性は十分に通じている。だから今回彼女が帰ったときは、それが最後になる。次に会うまでには四十年以上、マーカスはずっと待ち続けなければならないのだ。


その夜、熱も脈拍も心配がなくなって、ふたりは同じベッドに眠り、愛を交わした。もちろん完全に回復したわけではないので、静かで穏やかな愛の交歓だったが、感情は決して静かではなく、ひと晩じゅう互いに相手を離そうとはしなかった。

翌日は、まだセアラが起きられそうにないのでマーカスも一日じゅうベッドで一緒に過ごした。彼が新聞を読んで聞かせるとセアラは笑い、次に何が起こるかを知っていれば言って聞かせた。マーカスがレコードをかけると彼女はステレオやCDの話をし、あと二十年もするとジョニ・ミッチェルとジェームス・テイラーが出てくるから待ってて、とマーカスに訴えた。ふたりの歌の歌詞をよく聞いて。きっと、わたしのことを思い出すから、と。

「それから、もし石油に投資するなら七〇年代には暴落するから気をつけて。いちばんいい投資先はＩＢＭよ。アップルもいいわ。あと、鉛の入ったペンキは使わないこと。アスベストにも気をつけて」

〝アップル〟が食べるりんごの意味でないことを彼は知らなかったし、またパソコンの概念は理解の枠を超えていた。

めったにスイッチの入れられることのない埃《ほこり》をかぶったテレビを、マーカスは寝室に運んできた。白黒画面のルーシーがワインを作ろうと足で葡萄《ぶどう》を踏みつけ、また『パパは何でも知っている』では、バドのトラブルは、いつもロバート・ヤングにしか解決できない。

セアラはドキュメンタリードラマやビデオ、ケーブル・テレビ、超大型スクリーンのテレビの話をした。マーカスは夜更けに裏のポーチで聞くこおろぎの鳴き声、朝早く聞く鳥の鳴き声、風の音、庭で遊びまわるりすを眺めていると退屈しないことを話して聞かせた。そしてセアラは、わたしの時代のどんな娯楽よりもあなたの楽しみ方のほうが好き、と心から彼に告げるのだった。

セアラの体力が戻ってきたころ、ふたりはより激しく、熱く愛しあった。愛を重ねるごとに永遠の別れが近づいてくることがセアラにはわかっていた。

翌日はずいぶん気分もよくなったので、前回置いていった洋服に着替えて表に出てみることにした。太陽の光が、自分の時代の空の下にいるのとまったく同じように気持ちいい。

　セアラが行きたいと言っていた教会に、さっそくマーカスは連れていった。小さな砂利敷きの駐車場に車を入れると、〈聖十字架バプテスト教会〉と、まばゆいばかりの看板が立っている。

「きれいだわ」ささやくようにセアラは言った。「わたしの時代には、荒れ放題で板囲いがされてるの。まるで麻薬の巣窟《クラック・ハウス》みたいに」

　マーカスはちらりとセアラを見やった。「ときどき、まるで違う言語を使っているような気分になることがあるよ。何だい、クラック・ハウスって？」

「柄の悪い人たちが麻薬の売買をする場所。ねえ、中に入ってもいい？」

「もちろんさ。おいで」

　マーカスのエスコートでセアラは車を降り、小さな教会の両開きの扉へと進んだ。彼が開けた片方から中をのぞくと、まるで温かく手招きされているようで、何か居心地のいい、しっくりとした感じに自分でも驚いた。ふさわしい場所にいる感じがするのだ。

　マーカスに手を取られ、セアラは中に入った。しだいにセアラの瞳が穏やかに、そして大きく見開かれていく。

　そこは祭壇も会衆席も白一色で、固い木の床は、本当にこの教会を愛する人の仕事のようにぴかぴかに磨きあげられていた。小さな聖歌隊席の後ろには十字架と鳩《はと》の柄のステンドグラスの窓があり、セアラは、あの荒れ果てた教会にもこの窓は残っているのだろうかと思った。それとも誰かに割られ、忘れられてしまっただろうか。

「何て美しいのかしら」崇高な雰囲気を壊さないように、そっとセアラは言った。

「本当だね」マーカスは最前列の席に腰をおろし、セアラを隣に呼んだ。「戦争に行って以来だな」ふと、彼は眉をひそめた。「考えてみると、最後にここに来たのは父親の葬式のときだよ。あのときはまいったな」

セアラが顔を向けた。「あなたは、ご両親ともまだお若いときに亡くしてるのね。さぞつらかったでしょう」

「ああ。母親は結核……本当に惨めな死に方だった。そうして父親は、とうとう立ち直れなかったんだろうな。何もかも母に頼りきりで、死なれたらもうおしまいさ。たぶん母のもとへ行くことだけを待ちわびて生きていたんだろうと思うよ」

「お父さまはどうして?」

「心臓麻痺《まひ》」そうつぶやくと、彼はやがてゆっくりと笑みを浮かべ、ステンドグラスを見つめた。「ぼくが子供のころの両親に会わせてあげたかったよ。とっても仲がよくてね、パーティーばかりやってひと晩じゅう踊ってた。ダンスが最高にうまくてさ、実にお似合いのカップルだったよ」

セアラもほほ笑んだ。「わたしは両親を知らずに育ったの」

「知らないって？」

「わたしとカレンがまだ赤ん坊のときに、あそこのメイン・ストリートで交通事故で亡くなったのよ。だから伯父と伯母に育てられて……」セアラは遠くに視線を移した。「でも、寂しいと思ったことなんか一度もないわ。伯父にも伯母にも、亡くなるまでずっと優しくしてもらったしね。ただ、引き取られた時点でふたりともかなりの年だったから、若い親に育てられるのってどんなふうだろう、とはずっと思っていたけど」

「会おうと思えば会えるんだよ」

セアラはびっくりしたようにマーカスを見つめた。「そうね。ふたりとも今はまだティーンエイジャーでしょうね。学校に通って、フットボールの試合を見に行って……」瞳にみるみる涙がこみあげた。「ねえ、そうかしら、マーカス？」

「まあ、普通はそうだね。探してみるかい？　電話帳を見て、住所を調べるんだ」

しばらく黙っていたあとでセアラは言った。「まだいいわ。ここにもうちょっと座っていましょうよ。ほら、聞いて」

「何を？」

「神の沈黙をよ。神は沈黙を通じて、わたしたちに語りかけることがあるのよ」

押し黙ったセアラのかたわらでマーカスはほほ笑み、これまで一度も聞いたことのなかった音に耳を傾けた。この音がきっと、彼のこれからの人生のかけがえのない音楽となるだろうことを予感しながら。

「きみは本当に特別な人だ。自分でもわかってる?」

「あなただって特別よ」

「いや、違うんだ。きみは、ものの見方がすばらしいんだよ。ぼくなんか惨めなものさ」

「あなたにはちょっと幸せが足りないだけよ。それさえあれば、ものは違って見えてくるわ」

「もう違って見え始めてるよ」マーカスはセアラの手を握りしめ、自分の胸に押しあてた。「でも、自分に幸福をもたらしてくれる、まさにそのものを近々奪われようとしていたら、人はなかなか幸せは感じられないものさ」

「その話はやめましょう」彼の肩に頭をもたせかけながら、そっとセアラは戒めた。「それより、もしわたしがここに残れたらどうなるかという話をしましょうよ。ね、そうなったらどうする?」

「まず第一に」マーカスは彼女の額にキスして言った。「結婚する。ここで。きみさえよければ」

「マーカス」セアラは瞳を輝かせた。「すてきだわ。わたしたち、子供は授かるかしら」

「子供か。親になるなんて、一度も考えたことがないな」

「だって、ほしくないの?」

「ほしいだろうね」笑みが消えていった。「きみがここに残れるなら」

マーカスを落ち込ませまいと、セアラはたたみかけるように言った。「結婚式は、明け方がいちばんよね。あそこの窓から注ぐ光は、朝日がたぶんいちばんいいもの。その光を浴びたら、きっと神の手に触れられているような感じがするわ。わたしが残れる方法さえあれば、きっとわたしたちはそんなふうに祝福されるわよね、マーカス?」

「ああ」彼の気持ちは明るくはならなかった。きらきら光るセアラの夢の一面一面に触れるたびに、逆に気持ちは沈んでしまうのだ。

セアラも、ついにおとなしくなってしまった。「愛してるわ、マーカス」

マーカスは目を閉じた。「ぼくもだよ。きみには想像もつかないくらいに。二回の人生を合わせてもまだ足りないくらいに」

ふたりはまた神の沈黙に耳を傾けた。

しばらくして、マーカスがつぶやいた。「セアラ、ぼくのもとへは二度と戻ってこないでほしい。お願いだ。生半可な気持ちで言ってるんじゃない。絶対に戻ってこないと約束してほしい」セアラが何も言おうとしないので、マーカスは重ねて言った。「死んでもいいのか? まさか死にはしないときみはたかをくくっているんだろうが、戻ってきたら本当に死ぬよ」

「あなたは名医だもの。あなたを信じてるから」

「やめてくれ。死は死だ。どんなに頑張っても、どんなに生き返らせたいと願っても、一度死んでしまった人間を生き返らせることはできない。それに、帰りの旅で死にそうになったら誰がきみを診る？　もし、経験不足のやつや、きみを生かしたいと真剣に思わないやつがきみを診ることになったらと思うと、ぼくは耐えられないよ」

「わたしたちの時代にもいい病院はあるし、いいお医者さまもいるわ」

「どんな名医だって間違いはおかすんだ」彼は寂しそうに言った。「どんなに熱意にあふれた医者でもやがては情熱を忘れ、かつてのベストは尽くさなくなる。助けられそうな患者がほかにいくらでもいるときに、あとひとりの命が何だっていうんだ」

「今は戦争の話をしてるんじゃないわ」そっとセアラは言った。「心配しなくても大丈夫よ、マーカス」

「今回はね、たぶん大丈夫だろう。でも、次回はない。ぼくは本気だよ、セアラ。絶対に戻ってこないと誓ってくれ。今回を最後に別れなければいけないんだ」

涙があふれてセアラの頬を伝った。彼は過去だけに生き、わたしは未来だけに生きているわけではないと、セアラは必死で自分に思い込ませようとした。ふたりにも今があるはずだ。たとえつかの間であっても。そのつかの間に、セアラはできるかぎりしがみつこうと思った。

セアラの両親探しは、暗澹《あんたん》たる雰囲気の中で行われた。刻一刻と忍び寄ってくる絶望を、ふたりのどちらも振りきることができなかったのだ。けれど、セアラの母親の実家を調べるのは何でもなかった。セアラが十歳になる前に亡くなった祖父母は、当時も同じ家に住んでいた。

マーカスに連れていってもらい、道の反対側に車を止めて家の様子を眺めた。ピンクの家。真っ白に塗られたよろい戸に、玄関へと続く花の小道。

「何だか変な気分だわ」

セアラは、かつて焼きたてのクッキーやアップルソースに舌鼓をうったその家を食い入るように見つめた。いつも、よく来たと惜しみない愛情をもって迎えてくれた家。キッチンの鳥かごにいるお祖母《ばあ》ちゃんのいんこと遊んだ家。

「母が中にいるかもしれないけど、話はしてはいけない気がするの。時間的なことに影響を与えてしまいそうで……。だって、わたしはまだ生まれてもいないんですもの。だいたいわたしは誰だって言うの？」

「出まかせを言えばいいじゃないか。でも、不安があるならやめたほうがいい。危険はできる限り避けたほうがいいからね」

「説明はできないんだけれど、何かいやな予感がするの」

と、玄関のドアが開き、女性が出てきてポーチを掃いた。セアラは背筋をぴんと伸ばし、目を凝らした。

「お祖母ちゃん！　ああ、何て若いのかしら」

マーカスがちらりとセアラの方をうかがうと、熱い涙が彼女の目を潤ませていた。

セアラはすぐに涙を拭った。「祖母にこんなに会いたいと思ってたなんて、自分でも気づかなかったわ」

今度は一台のフォードがやってきて、車寄せに頭を突っ込んだ。高校生らしき男の子が降りてきて助手席側にまわったときには、セアラは完全に目が離せなくなっていた。祖母に手を振って、少年は車のドアを開ける。すると十六歳くらいの女の子が、ペチコートの上にスカートを弾ませながら勢いよく降りてきた。黒い髪はポニーテール。ガムを噛《か》み、風船をふくらまし、ぽんと音をたてると玄関のステップを上り始めた。

「お母さん……」セアラが言った。

「確かかい？　もう少し若いのかと思ったよ」

「いいえ。わたしたちを産んだのは三十近くになってからなの。結婚は二十歳《はたち》前にしたんだけど、子供ができなかったみたいで。でもできてみたら、ばーん――双子だったというわけ」セアラの瞳にまずほほ笑みが浮かび、そうしてゆっくりと口もとにも広がった。

「ねえ、マーカス、わたしの母ってかわいいと思わない？　ああ、カレンも一緒に見られたらよかったのに」

少年は数段飛ばしでステップを上がり、ポーチのぶらんこに座っているガールフレンドの隣に腰かけた。芝生の鳥の巣箱めがけて小石を投げ、当て損ない、そうして彼女の肩に手をまわす。

「お父さんだわ！」セアラはびっくりしたように言った。「交際期間が長かったとは聞いてたけど、こんなに若いうちからつきあってたなんて」

マーカスはセアラの手を握った。「あれはケヴィン・ラインハートだよ。昔はぼくの患者でね、ぼくが戦争に行くちょっと前に、脚を骨折して診療所に来た」

「ほんと？　どんな感じの子だった？」

「悪たれだよ」マーカスの声は笑っていた。「でも、根はいいやつでね。あの年ごろであれだけウイットに富んだやつは見たことがない。それに、自分の病気を認めるのがとことん嫌いなんだ。患者としてはやっかいだな。でも、いいやつだ」彼の目はもう一度少年を見つめ、笑みは消えていった。「交通事故って言ったね。かわいそうに」

「ええ」新たな涙が、とめどなくセアラの頬を伝った。「本当に」

セアラもマーカスも、それ以上口をきこうとはしなかった。ポーチの若いカップルは仲よさそうに浮かれていたが、とうとう母親が出てきて、夕食の時間だと娘に告げた。

セアラは若き父が母に別れのキスをし、足を引きずるようにしながら車に戻り、走り去っていくのをじっと見守った。

わ」

そして、マーカスに向き直った。「ありがとう、マーカス。今日のことは一生忘れない

帰り道、マーカスが自分と同じように心の中で闘っているのがセアラには見えるようだった。ふたりの心には、同じ感情が襲いかかっていた。

その日の真夜中過ぎ、絶望的な愛の交歓を終え、互いの腕の中で絡みあうようにして眠っていたとき、セアラは何か声が聞こえたような気がして目を覚ました。隣を見てもマーカスは眠っている。

〝セアラ!〟

また声が、今度はもっとはっきり聞こえ、セアラははっと起きあがった。いよいよ帰るときが来たのだ。どうしようもないことなのだ。

「マーカス!」

飛び起きたマーカスは切迫したセアラの様子に驚き、すかさず彼女の体を抱きしめた。

「カレンが呼んでいるんだね、そうだろう?」

〝セアラ!〟

「ああ、マーカス! わたし、帰りたくない」

セアラはマーカスの頬に触れ、最後のキスをした。自分の体が消え始めているのがわか

った。ふたりの手はすり抜けたが、彼の目はまだしっかり彼女の目をとらえていた。

「セアラ、絶対に帰ってくるなよ。聞こえるかい？　帰ってきちゃだめだ。帰ってきたら死ぬぞ！」

「マーカス！」

「脅しじゃないぞ、セアラ！　絶対に戻ってくるな。愛してるよ、セアラ。愛している」

言葉を返す間もなく、セアラはふたたび闇《やみ》に突き落とされた。

14

モニターの光が点滅するとともに、ぴぴっと鳴った。カレンは、姉の点滴液がうまく静脈に入っていっているかどうかチェックした。この一週間で否応《いやおう》なしに治療については詳しくなったカレンだが、まさか自分の姉がこんな状態になろうとは夢にも思っていなかった。深い昏睡《こんすい》状態に陥ったまま、もう一度目を覚ますかどうかもわからないような状態になってしまおうとは。

一週間たっているのに、相変わらずセアラの熱は下がらなかった。浴びるように使われる薬の量や、ときおりひきつけを起こす姉の姿を見ているとカレンは怖くなって、ジミーに付き添いを代わってもらわなければならないこともあった。セアラが支離滅裂なうわ言を言うこともあった。カレンには、そういうときがいちばんつらかった。つい、偽りの希望を抱いてしまうからだ。セアラがまた目を覚まし、自分をがんじがらめにしているチューブや機械に腹を立てて、おなかがすいた、家に帰りたいと、文句を言う日がいつかは来るかのように。

そんな日はもう二度と来ないような気がしてならなかった。

椅子にぐったりともたれかかって、カレンは疲れた目で姉を見つめた。脳炎に髄膜炎、その他考えたくもないような死に至る病の数々。医師が否定した病気は山ほどあったが、いまだにセアラの病名は特定されていなかった。毒物や放射性物質の線も除外されたわけではなく、治るかどうかも疑わしかった。

セアラが何か言ったような気がして、カレンは身を乗り出し、軽く体を揺すった。「セアラ？　気がついた？」

「マーカス」かすれ声でセアラが言うと、細かい汗が吹き出して顔を光らせた。「マーカス、手を離さないで」

「マーカス？」カレンは信じられない思いで姉を見つめた。なぜマーカスなんていう名前を呼んだりするのだろう。「ちょっと夢を見ただけよ、セアラ。さあ、起きて。わたしに話を聞かせて」

「カレン」

その言葉はこの数日間で初めてカレンに希望を与えた。自分の心臓が異常なくらいにどきどき打ち出したのがわかった。「そうよ、セアラ。ここにいるわ。さあ起きて。あとちょっとよ」

「死ななかったわよ、マーカス。わたしは生きてるわ」

「あたりまえよ、あなたが死んだりするもんですか。すぐによくなるわ」

セアラは顔をしかめ、さらにつぶやいた。「でも、あなたがいつも呼び戻すんですもの」

「呼び戻さないわけにはいかないわ。目を覚まさなくちゃ、セアラ」

「でも、わたしは彼といたいのよ」

「え? 誰といたいの?」

「マーカス……。ああ、カレン、彼はすばらしい人よ。それにわたしのことを、とっても愛してくれているの。なのに、世の中ってひどいわ」

やっと聞き取れる程度の声ではあったが、筋が通っているので聞き間違えようがなかった。「セアラ、マーカスは亡くなったのよ。それに、もうお爺《じい》さんじゃないの」

「一九五三年には、まだお爺さんじゃないわ。わたしはそこにいたのよ、カレン。マーカスと一緒に、一九五三年に」

カレンは愕然《がくぜん》として、何も言えなくなった。こんな昏睡状態の症状があるのだろうか。わけのわからないことを言うことはもちろんあるだろうが、時代や名前を理路整然と口にするなんて。

「マーカス……スティーヴンズ?」カレンはきいた。「セアラ、マーカス・スティーヴンズの話をしてるの?」

「そうよ。あと、ママとパパにも会ったわ。ふたりとも高校生でね……。でも、いつもあなたが呼び戻すのよ。それでわたしは病気になって……」

「呼び戻すって、どうやってわたしが呼び戻すの？」

「わたしの家に来て、大声でわたしのことを呼ぶでしょう……するとわたしは、今の時代に戻されて……」声が聞こえなくなったので、また眠ってしまったのかと思ったら、突然またセアラは続けた。「でも、そのときのダメージがひどいの。もう一度繰り返したら死んでしまうって彼は言うけれど、でもわたしは、繰り返さなかったらそれこそ死んでしまうと思うのよ」

カレンは姉の言葉を理解しようと必死になった。時間を旅して、また呼び戻され、そして病気になる？

「そこにはどうやって行くの、セアラ？」しゃべらせ続けていれば、眠るのを妨げられるかもしれないとカレンは思っていた。

「カメラ……」声がしだいにゆっくり、わかりにくくなっていった。「向こうにわたしを送るの。よくわからない……」

「それで、わたしが呼び戻すのね？」

「そう。いつも」

汗で額にはりついた髪を後ろにといてやると、熱が下がっていることに気がついた。

「あなたはマーカスといたんじゃないのよ。具合が悪かったから、きっと幻覚を見たのね。

わたしが呼び戻したのなら、それは眠りの状態からよ。そこからあなたを引き戻すためなら、わたしは何回だって呼び続けるわ」

「でも、わたしは向こうで彼といて幸せなの」ひと粒の涙が、すうっとセアラのこめかみに伝いおりた。「とっても幸せなのよ」

「でも、それは夢なの、セアラ」その涙に触れ、温かさを感じると、カレンの目にも新たな涙がこみあげた。「あなたのために、それを本当のお話にしてあげられたらと思うわ。わたしがその人を連れてきて、あなたたちは本当に一緒にいたのよって言ってあげたいわ。そんな方法がもしこの世にあるなら、わたしは自分の幸せを犠牲にしてもあなたに幸せになってもらいたいと思うもの」

「あなたならできるわ」

「どうやって？」

「次はわたしのことを呼び戻さないで。ただ行かせたままにして。わたしは向こうで幸せにしてるって……彼と一緒にいるって思って」

衝撃がカレンの心の奥まで響き渡り、ますます涙をあふれさせた。「そんなことできないわ。あなたを昏睡状態のまま放《ほう》っておくなんて。どんなに居心地がよくてもね、あなたはこっちに戻ってこなくちゃだめなのよ」

諦《あきら》めたかのように力なく首を振り、セアラはふたたび静かな眠りに落ちていった。

次にセアラが目を覚ましたのは真夜中だった。見るとベッドの脇《わき》のビニール・ソファに座ったままジミーが眠り、その膝を枕《まくら》にカレンも丸くなって眠っていた。ふたりとも夜も帰らずに付き添ってくれているようだ。

自分の体を見ると、いくつものモニターや管や点滴など、ありとあらゆる生命維持装置につながれていることがわかった。ガラスの壁の向こうには、忙しそうに動きまわる看護師たちの姿が見える。

どうやら集中治療室にいるようね、とセアラは思った。マーカスの言っていたとおり、危うく死ぬところだったらしい。

「カレン？」

声をかけてみるとさっとふたりとも目を覚まし、次の瞬間にはカレンはセアラのすぐ横に立っていた。「セアラ、気がついた？」

「わたし、もうどのくらいここにいるの？」

意味をなすことを姉からたずねられて、カレンはふうっと安堵《あんど》のため息をついた。それがどれほど深いため息であったか、セアラには決してわかるまい。「一週間くらいよ。ああ、ジミー、今回はセアラ、本当に目を覚ましたわ！　ねえ、気分はどう、セアラ？」

「最悪よ。頭はハンマーでがんがんやられてるみたいだし、喉は焼けるようだし」セアラは目を閉じて、自分に起こったことを思い出そうとした。「一週間。本当に……」

「ええ、今回はずっと集中治療室にね。でも、いつ目を覚ましてもいいように、わたしもずっとそばにいたの。ああ、どれだけ怖い思いをしたか、あなたにはわかりっこないわ。それに、あのいんちきモニターときたら。あっ気がついたかなって思っても、嘘《うそ》ばっかり。あなた、幻覚か何か見てたみたい。マーカス・スティーヴンズや、パパやママの……」

セアラは息をのんだ。「わたしがそう言ったの？」

「ええ、それだけじゃないけどね。おかしいでしょう？　ずっと話しかけていれば意識が戻るかなと思ってやってみたんだけど、夢の話をするばっかりだったわ」

セアラは目を閉じた。この分では、カレンに何もかも話していてもおかしくない。カメラのことさえも。もしもカレンがまた家に行って、カメラを持っていってしまっていたら？

セアラの目に涙がこみあげた。だとしたら何だというのだろう。もう関係のないことだ。マーカスの言うとおり、もう一度旅をすれば本当に死んでしまうだろう。だからわたしはこの時代を動けない。マーカスは過去から動けない。そして彼がすでに死んでしまっている今、二度と彼と会うチャンスはないのだ。

カレンが手に触れた。「セアラ、どうしたの？　気分でも悪い？」

セアラは首を振った。「ううん。ただ、病気にうんざりしちゃって。わたし、どこが悪いんですって？」

「やっぱりただのウイルスみたい」カレンは嘘をついた。「でも、今回は完全にやっつけましょうって。すぐによくなるわよ」

セアラは涙を拭《ふ》きながら、気持ちを奮いたたせ、ようやく妹の顔をまともに見ることができた。その目は赤く充血していて、おそらく自分をここに運び入れてから一度もそばを離れていないだろうことがうかがえた。「ありがとう、カレン……」

「何言ってるの。気がついて本当によかったわ」

セアラは目を閉じ、気がつく前にいた場所のことはもう忘れてしまおうと思った。思い出してもしかたがない、と。

それでも、忘れられそうにないこともわかっていた。文字どおり身も心も焦がすような情熱を、どうしてただ忘れてしまうことなどできるだろう。おかしくなるほどに思いつめ、命を削ってでも生かし続けたいと思った情熱を、どうして忘れてしまうことができるだろう。

そんなことは不可能だ。ということはこの先、マーカスとの思い出だけを背負って生きていかなければならない。

それでも、彼とまったく出会えなかったよりはずっといい、とセアラは思った。

二週間かかって、ようやく退院の日を迎えた。それまでにセアラの体重はさらに五キロ減り、か細い体に洋服がぶらさがっているという感じだった。カレンが買い物に行って新しい洋服などを揃《そろ》えたが、セアラの心はあまり躍らなかった。

「あなたの荷物、詰めてきたわ」自分の家へと車を走らせながら、カレンが言った。「二、三週間はうちに泊まってね。もうちょっと体力がつくまで」

セアラは迷惑そうに妹を見た。「いやよ。自分の家に帰りたいわ」

「無理よ、まるで本調子じゃないのに。歩くのだってやっとでしょう?」

「調子はいいわ。それに大丈夫、無理はしないから。だから家に帰らせて」

カレンが唇を曲げた。おはこの、絶対に譲らないという表情だ。「だめよ。今は腕力もわたしのほうがあるから、力ずくで引っ張っていくことになっても、うちに来てもらうわ」

自分の無力さにうんざりして、セアラはヘッド・レストに頭をあずけた。「わかったわ」彼女はようやく言った。「でも、お願いだから、ちょっとだけうちに寄って。寄るだけならいいでしょう? ほら、取ってきたいものもあるし」

カレンの横目がちらりと姉をとらえた。「いいわよ。その程度なら別に問題もないでしょう」

その後はふたりとも押し黙り、セアラはマーカスのことを考えていた。今ごろ何をしているだろう。もうわたしのことは待ってもいないの？　死んだんじゃないかと、心配はしていない？　それを知る手だては、たぶん彼には何もないのだ。

自分の家に着いたとき、セアラの心いっぱいに懐かしさがこみあげた。家そのもののせいではなく、そこでマーカスと過ごした思い出があるから。同じ部屋。彼の時代とまったく同じように、窓から光が差し込み……。それでも決定的に違うことがひとつ――この家にはマーカスはいない。

涙を拭《ぬぐ》いながらセアラは車を降りた。数段のステップをあがって玄関の鍵《かぎ》を開け、中に入ると、家の中は暗くて埃《ほこり》っぽかった。電気をつけ、窓のところに行ってカーテンを開ける。

留守番電話のメッセージ・ランプが点滅しているのに気がついたとき、セアラはそういうものから自分がいかに逃げたがっているか、痛いほどに感じた。もっとシンプルな生活がしたかった。マーカスの時代のように。機械に支配されることなく、誰にも走らされず、ただゆったりと生きる暮らし。

「セアラ？」

セアラが振り返ると、カレンはダイニング・テーブルに寄りかかって、心配そうな顔をして見ていた。

「大丈夫？　気分でも悪い？」

「ううん。ただ、何だか変な気がして。うちに帰ってきてみると」

「どうして？　長い間、病院にいすぎた？」

「たぶんね」それよりも本当はマーカスとの暮らしがこの家に与えた影響のほうがずっと大きいことを、セアラは知っていた。「ねえ、ここの屋根裏部屋にあがったことある？」

カレンは顔をしかめた。「ないけど、どうして？」

「椅子が置いてあるのよ。古いアームチェアが、窓のすぐ横に。昔の家主のひとりで、そこを寝室にしようとした人がいるんですって。下を誰かに貸そうと思ってのことだったんだけど、気が変わったのね。でも、椅子はそのまま置いてあるの……」

それがどうしたのか、カレンは話の続きを待ったが何もないようなので言った。「どうしてそんなことを知ってるの？」

「それはどうでもいいの」ささやくように言うと、セアラは窓の外に目を向けた。光が彼女の顔半分に影を落としている。カレンはその顔を見たとき、何て寂しげなんだろうと驚いた。まるで捨て子みたいな、寂しく、孤独な顔をしている。

セアラはカレンに視線を戻した。「ねえ、わたしを精神科病院に入れようとしたでしょう？」

会話の思わぬ方向への発展に、カレンは背筋を伸ばして身構えた。「そうじゃなくて、ただ、あなたのことが心配だったから、一度きちんと――」

「だから、精神科病院に入れようとしたでしょう?」声はあくまで穏やかだった。「いいのよ、カレン。責めてるわけじゃないの」

「だからいなくなったの?」

セアラはうなずいた。「わたしはおかしくなってないもの」

「もちろんおかしくなってなんかいないわ」姉に近づきながらカレンも静かに言った。「でも、ひどい病気だったのよ。あのマーカスとかいう人に関する妄想もひどかったし。だって、お墓を移すとまで言い出したりして。突然町を出ると言ったかと思うと、実は家にいたり……。だから、ひょっとすると脳に障害が出たかもしれないとは思ったわ。神経の具合がちょっとおかしくなったとか」こみあげてくる涙を、カレンは振り払った。「でもね、信じてもらえようともらえまいと、とにかくわたしはあなたを助けたかったのよ。どうしても助けたかったの」

「わかってるわ、カレン」

「だったら教えて。どうやったらあなたを助けられるの?　わたしは何をすればいいの?」

セアラはうつむき、自分の手をしばらくじっと見つめていた。やがて彼女は顔をあげた。

「まだ意識が戻る前に、わたし、うわ言を言ったんだったわね?」

カレンはうなずいた。「別の時代にマーカスと一緒にいたってね」

「ねえ、カレン、もしあれが幻覚じゃなかったとしたらどうする？　わたしの意識がちゃんと戻っていて、本当のことを言ってたんだとしたら？」

カレンは肩をすくめた。「でも、あり得ないわ。考えてもみて」

セアラの目は妹の顔をとらえたまま、決して離れようとしなかった。「ちょっとの間だけ、想像力を働かせてみて。ほら、ときどき変なことって起こるでしょう？　誰にも理解も説明もできないようなことが。たとえばＵＦＯとか、幽体離脱とか、テレパシーだってそのひとつよね。わたしもあなたも何度か体験したけど」

「でも、セアラ、今話してるのはタイムトラベルよ。そんなことは起きないわ」

「でも、もし本当にあり得たら？　ちょっとの間だけ童心に返ってみてよ。もし本当に起こったらどんなふうだろうなって、想像してみるのよ」

カレンはもはや完全に困惑していた。「もし本当に起こったらって、何が？」

「だから、わたしが言ったことがよ。もしわたしがどうしてだか本当に時間をさかのぼって、マーカスを見つけたとしたら？　これまで起こったことが全部同じサイクルの一部分で、わたしたちは恋に落ち、でもふたりの時代は違って、あなたが何度でもわたしを呼び戻すから彼のもとに残れないでいるのだとしたら？　地球上でわたしを今の時代に呼び戻せるのはあなただけだから」

カレンは額を押さえ、やがてこめかみをもみ始めた。「あなたの言ってること、わたしにはさっぱりわからないんだけど。それが、あなたが実際に起こったと思っていることなの？」

「わたしがどう思ってるかなんて関係ないのよ。ただ、思い描いてみて。既成概念は捨てて、想像力を使うのよ」

「無理よ。そんなばかばかしいこと」

「そうよね。ばかばかしいわよね。でも、もし本当だったら？　もし本当で、わたしは向こうで暮らすって――もう一度戻れたなら、彼と一生向こうで暮らすってわたしが決めたとしたら、どうしたらあなたに呼び戻されないようにしてもらえる？」

「不可能よ」カレンの顔は苦悩に歪《ゆが》んでいた。「あなたの命のある限り、わたしはあなたのために闘い続けるもの」

「どうして？」

「だって、あなたが大切だから。あなたのことを失いたくないから」

「でも、そのほうがわたしにとっては幸せなんだとしたら？　本当はそっちにいたいのだとしたら？　そっちがわたしの居場所で、ここでは決して見つからなかったものが見つかったって言ったら？　それだけわかっても、あなたはまだわたしのことを呼び戻し続けるの？」

カレンはへなへなと椅子に座り込んだ。「セアラ、それがもし、次回は何もせずに死なせてくれっていう意味ならお断りよ。できないことを頼まないで」

セアラはカレンのすぐ前にひざまずいた。「死なせてくれなんて、誰も頼んでやしないわ。逆に生きさせてほしいって言ってるのよ。だから行かせてって」

なおも理解できないカレンの顔はみるみる苦悩に歪み、とうとう彼女は泣き出した。セアラはか細い腕で妹を抱いた。

「カレン、あなたのことは、たとえそばにいないときだって、いつでも思ってるわ。でも、わたしもジミーみたいな人がほしいのよ」

「わたしだって、あなたにそういう人がいたらって思うわよ」泣きながらカレンは言った。

「だったらわたしを信じて、わたしのやり方で見つけさせて」

カレンはうなずいた。まるで姉の言葉を信じるかのように、尊重するかのようにうなずいているが、実は心の片隅では正気さえ疑っていることをセアラは知っていた。きちんと説明せずに話だけを押しつけても、カレンをいっそう混乱させるだけなのだ。

急にひどく疲れた気分になって、セアラは立ちあがった。「荷物を取ってくるわね。ちょっと待ってて」

カレンは何も言わなかった。

マーカスの遺品の箱の置いてある暗室に行き、写真を取り出して眺めていると、涙があふれてきた。遺品を持っていくのをカレンが許すはずはない。セアラは写真の束を、すっとポケットに忍ばせた。

顔をあげると、三脚が部屋の隅にそのまま立っていた。だが、カメラがない！

まだ本調子でない心臓がたちまちどくどく打ち始め、セアラはおかしくなったようにあたりを見まわした。「カレン！」さっそく部屋の入口に姿を見せた妹に、セアラは叫んだ。

「カメラは？」

部屋じゅうに散らばっているさまざまなカメラやレンズに、カレンはぐるりと目をやった。「どれのこと？」

「わかってるくせに！　あの古いカメラよ！　いったいどこにやったの？」

「ああ、あれね」カレンはふうっとため息をつくと、さらに部屋の中に入ってきた。「あのカメラならうちにあるわ。心配しないで、何もするつもりはないから。ただね、ジミーに放射能の検査をしてもらおうと思ったの。ほら、あなたが倒れているのを見つけるたびに、あのカメラがここにセットされてるでしょう？　つい、何かよくないものでも放射してるような気がしてね」

「その話ならすんだはずだわ。カメラを返して」

「断るわ。今回こそは本気よ。これまでずっとあなたの言うとおりにしてきたけど、もし、あのカメラがあなたの病気と何か関係があるならそれを見つけなきゃ。あなたは知りたくないの？」

自分で落ち着こうとはしても、セアラの手はぶるぶる震えていた。「それは……もちろん、知りたいわ。ただ――」

「どんどん具合が悪くなっていくなんていやでしょう？」カレンがさえぎった。「たとえどんなことでも、あのカメラが原因になっていることがあるなら、そばに置いておくのはよくないわ」

「でも……」涙がちくちくと目を刺し、恐怖が喉を締めつけた。「まさか壊したりはしないわよね？　分解して何か探したりは――」

「さわりもしないわよ。あなたがまたいたずらしたくなるといけないから、隠してあるだけ。ジミーが放射能探知機を借りてきてテストをすることにはなってるけど」

鼓動は相変わらず激しく、さらにめまいがして、セアラはあわてて壁に手を伸ばした。顔に汗が吹き出してくる。気がつくと、カレンに椅子に座らされていた。

「大丈夫？」カレンは水の入ったコップを渡した。

「ええ」セアラはひと口飲み、震える手が水をこぼしてしまわないうちに妹に返した。

目を閉じて、ぐったりと頭を後ろにもたせかけ、心の中でひとり思う。やっぱりカレンが思っているとおり、わたしは頭がおかしいのかもしれない。カメラを隠してもらって、おかげでマーカスのもとに帰りたくても帰れなくしてもらって、本当は喜ぶべきじゃないの？

今ではセアラ自身が、もう一度タイムトラベルしたら本当に死ぬと、マーカスが心配していた以上に確信していた。

でも、もし、死ななかったら？

かすかな希望が、何度も何度も頭の片隅に顔を出す。もし、死ななかったら？　あと一回分だけの体力がもしも自分にあって、その前に、絶対に呼び戻されないだけの措置を講じておけるとしたら？　だとしたら、命をかけても惜しくないんじゃない？　もしもうまくいったら、マーカスとずっと一緒に暮らせる。

セアラは大きくうなずいた。あとは方法を見つけるだけだ。

15

早く元気になってと、カレンにできるかぎり大切にしてもらいながら、セアラはそれから二、三週間はカメラのことは忘れるように努めていた。だが、いつでも自分を抑えられていたわけではない。ときどきカレンの家の棚や箪笥《たんす》のてっぺんまで一生懸命に掃除をしながら、その間じゅう、実はマーカスのもとへ最後にもう一度運んでくれる小さな機械を探している自分に気づくことがあった。カメラは見つからなかった。

病気になって以来おろそかになっている仕事の処理という名目で、毎日自分の家にも帰った。本当の理由は、家にいるほうがマーカスを身近に感じられるからで、そこは自分の家であるのと同じくらい彼の家でもあった。家具こそ違うけれど、ひとつひとつの部屋に彼の気配が残っているような気がするのだ。

毎日屋根裏部屋にあがり、マーカスが四十年以上も前にそこにあげた、布が裂けて埃《ほこり》をかぶったアームチェアに座って両膝を抱き、窓の外を眺めながら彼のことを思い出したりもした。わたしを抱くときの顔。あのしっくりとした肌の感じ。彼のにおい……。

そして、ふたりが人生で分かちあえるはずだったものを思って泣いた。どうしてこんなふうになってしまったのだろう、と。この手からすり抜けてしまった幸せ、二度と知ることのない喜びを思って。

また、彼のために何かしていると思いたくて、なじみの不動産業者に電話をかけ、板囲いをされた角の教会の持ち主を問いあわせてみた。改修したいので買い取りたい、とセアラは持ちかけた。

「で、どう利用なさるおつもりですか？」不動産業者は言った。

「まだ、決めてないんですけど……でも、あのまま放《ほう》っておいてはいけないと思うの。そうは思わない？」

一週間もしないうちに不動産業者から返事があり、あそこは銀行が抵当権を行使したきり何年にもなる物件で、二束三文で引き取ってもらっても大助かりだと銀行は言っていると伝えてきた。

「裏の墓地も含めてでしょうか？」セアラはたずねた。

「そうなんですよ。でも、お困りなら、うちのほうで移す手配はさせていただきます」

「とんでもない。わたしはそのまま買いたいんですもの」

さっそく受け渡しの日が設定された。セアラは伯母が遺《のこ》してくれた預金証書を現金に換え、あの教会のために小切手を切る日に備えた。

その当日。出かけようとするセアラを、カレンが止めた。「セアラ、むだにするには大変な金額よ。本当にあそこがほしいの？」

「ええ、ほしいわ」セアラは答えた。「あなたこそ、どうしてそんなにうるさく言うの？」

「あなたがまたおかしくなってるからよ。あのマーカスとかいうお爺《じい》さんの関係で」

「ただ、古い建物が好きなだけかもしれないわよ。すばらしい可能性が見えるから、あんなふうに放っておくのはもったいないと思っているのかもしれない」財布に小切手帳、それに必要な書類を揃《そろ》え、セアラは玄関に向かった。「それにね、カレン、わたしは自分のスタジオを持ちたいと思ってたのよ。もう、あまりあくせくしないで、撮影旅行も減らしたいの。あそこならスタジオに改造できるわ」

「裏がお墓の教会を？」

「おかしい？」

「おかしいわよ。気持ち悪いじゃない！」

「カレン、お墓はちっとも気持ち悪くなんかないわ。一度歩いてみて。あそこを掃除している間に、わたし、いろんな物語に出会ったの。コレラでたったの二歳で死んでしまった女の子のこと。七十人も孫のいたお祖父《じい》ちゃんのこと――」

「その人もマーカスの親戚《しんせき》？」

セアラは足を止め、きっと振り返った。「マーカス、マーカスって、どうしてそんなに気にするの？」

「だって、そこから何もかも始まったからよ。それ以来あなた、人が変わったみたいに……」

「変わったとしたら病気のせいだわ。何でもこじつけるのはやめて」

カレンはため息をついた。「とにかく変よ。まるで死んだ人間を養子にでもしようと、新しい使命か何かに燃えてるみたいに。それで彼の仕事を代わってやってあげようとか、きっとそのくらい異常なことまで考えてるんじゃない？」

「マーカスには、代わりにやってあげられるような仕事は何もないわ。朝鮮戦争のあと、大切なものは全部捨ててしまったんですもの。あとは下る一方の人生だったのよ」

「だからあなたが価値を与え直してあげようと決意したってわけ？」

セアラは床を見つめた。「カレン、あなたには説明のしようがないわね。すっかり心を閉ざしてしまってるんですもの。それじゃ光だって入り込めない」

「あるいはあなたが心を開きすぎて、光に目が眩《くら》んでいるのかもね」

いらだちがセアラの胸を締めつけた。「カレン、はっきりして。わたしがおかしいのは目なの？　それとも頭？」

カレンは口もきけずに、じっと姉をにらみつけた。

先に怒りを静めたのはセアラだった。「どう思われようと、わたしはいつだってあなたを大切に思ってるわ」

それだけ言って出かけていこうとする姉を、カレンが呼び止めた。身構えながらセアラは振り返った。するとカレンは手のひらに唇を押しあて、ぱっとセアラに投げキスを送った。

セアラはにっこり笑い、ふたりが子供のころからそうしているようにそれを空中でつかみ、大切に胸に押しあて、そして出かけていった。

教会の権利書を手にしても、セアラの心は晴れなかった。建物が傷み放題であることに変わりはないし、墓地のほうも、あの雑草を完全に取り払うにはまだ何週間か、いや何カ月もかかるようなありさまだった。改修のために人を雇う余裕はない。だが、どうせ自分でやりたかった仕事なのでそれは問題なかった。ここで作業していると、マーカスのために何か大切なことをしているという実感が持てたし、すべてが終わったあかつきには必ずここに彼の柩《ひつぎ》を移そうと自分で決めてもいた。

もし、あのカメラが見つからなくて、二度と彼のもとに戻れなかった場合の話だけれど。

教会や裏の墓地で働くにつれてセアラは自分の体力にだんだん自信を取り戻し、あと一回のタイムトラベルの可能性を信じるようになっていた。もちろん、今はまだ弱い。でも、毎日強くなっている気がするのだ。あとはチャンスさえあれば……。

問題は、カメラを見つけられるかどうかだ。

それを見つけるためにセアラは必要以上にカレンの家に長居し、妹夫婦が眠ると毎晩、箪笥に整理棚、ガレージ、家事室と、手当たりしだいに探しまわった。

もうだめかと諦《あきら》めかけていたある日、とうとう隠し場所を見つけた。その存在すらセアラは気づかなかったのだが、カレンの家にはある絵の裏に金庫がしつらえてあった。カレンがそこから、ジミーから贈られたというネックレスを取り出そうとしていたとき、セアラはその奥にカメラが押し込められているのを見てしまったのだ。

見たことを悟られないように、セアラは知らん顔をしていた。けれどカレンが金庫の鍵《かぎ》をまたかけ、キーホルダーに戻し、財布に入れるかたわらで、セアラの心臓はハンマーのように打っていた。

その日の残りをかけて、希望はゆっくり全身に広がった。あのカメラにふたたび手を触れ、マーカスのもとへ最後の旅をし、そしてそのままとどまれるかもしれないという希望が。ただし、カレンに呼び戻されないようにするのは簡単なことではない。思いついた方法がひとつだけあった。考えるのもぞっとするような方法だが、それが唯一の道である以上、セアラには実行する以外にない。

その晩、カレンとジミーが眠るのを待って、セアラは妹の財布から鍵を取り出した。静かに金庫を開け、洋服を入れたバッグにカメラを忍び込ませ、急いでまた鍵をかけて財布に戻し、玄関に向かった。

「どこに行くの？」

ぎょっとしてセアラが振り返ると、結婚のお祝いに彼女が贈ったかわいい白のネグリジェを着たカレンが廊下に立っていた。ジミーがこのネグリジェを大好きなのよ、といつかカレンは言っていた。特に脱がすのがね、と。

「あ……別にどこにも」セアラは答えた。「ただ……家に帰ろうと思って。何だか眠れなくて。今夜は自分のベッドで寝てみるわ」

「それだけのことなの？　わたしには話してもくれないで？」

「たった今、そうしようと思ったのよ。わざわざ起こすほどのこともないでしょう」

カレンの目が、セアラの持っているバッグにとまった。ちょっとしたものを入れているだけにしては、やけに重そうに見える。「本当に……何も問題はないのね？」

「ないわ。心配しないで」

「だったら……話はまた明日にしましょうか」

そのとき、もし計画を実行に移したら、そして首尾よくマーカスのもとに帰れたら、これがカレンに会う最後の機会になることにセアラは突然気づいた。目頭が熱くなり、双子の妹の頬にそっと手を伸ばした。「大好きよ、カレン。いつも面倒みてくれてありがとう」

カレンも目を潤ませた。何かとんでもないことが起ころうとしていると勘づいているかのように。「だって、わたしたち姉妹じゃないの。面倒をみるのはあたりまえだわ」

妹に背を向け、永遠の別れを告げることは、思っていたよりもっと難しかった。セアラはカレンを抱きしめた。二度と離せなくなるのではないかと怖くなるほど、腕に力がこもった。「カレン、わかってね……どんなことが起こっても、それがわたしのしたいことなの」

　さっとカレンが体を離した。胸のざわめきが顔を上気させている。「したいことって？　いったい何が起こるっていうの？」

　しゃべりすぎただろうかと思いながら、セアラは後ずさりした。涙を拭《ふ》き、心に根をおろそうとしている寂しさを追い払おうと気持ちを引きしめる。「別に、必ず何かが起こるって言ってるわけじゃないわ。ただ……ほら、何だかいつも場違いな気がするって、わたし、いつも言ってたでしょう？　だからね、もしチャンスがあるなら——もしよ——わたしは変えたいと思うし、そのためには犠牲が必要なこともあると思うの。大きな犠牲がね」

「まさか……」カレンははっと両手で口を押さえた。見開かれた目の縁にみるみる涙がたまり、顔が赤らんでいく。「お願い、セアラ。何をするつもりか知らないけど、やめて。そんなことしちゃだめ！」

「カレン、ちゃんと最後まで聞いて。大切な話なの」

カレンは顔をあげたが、なおも肩を震わせながらすすり泣いていた。

「あなたは、場所は正しいけれど、間違った時間にいるという経験をしたことある?」

「知らないわ」

「わたしはね、あるの。それをちゃんと直したいのよ。だからね、カレン、いつかわたしがいなくなって、毎日会ったり話したりできなくなったとしても、わたしがあなたのことを忘れてしまったとは思わないで。いつもあなたのことを思い、見守って——」

「やめて!」カレンは悲鳴をあげた。「お願い、自殺なんてだめよ。わたしが力になるから! きっとよくなるから!」

セアラは意気消沈してしまった。けれどもう一度カレンの目を見つめ、死ぬのではなく生まれ変わるために自分は行くのだと、何とかわかってもらいたいと思い直した。初めて手に入れた大切な愛のために。姉妹の愛よりも深い愛のために。

と、寝室のドアが開き、ジミーが出てきた。カレンの状態を見て驚いた彼は、肩を優しく抱いた。「どうしたんだい、ハニー? 何があった?」

「セアラが……」カレンは泣いている。「セアラが行っちゃうの……」

すでに落ち着きを取り戻しているセアラに、ジミーは目を向けた。

「今夜は何だか自分の家で眠りたくて」セアラは言った。「それだけのことなの」

「嘘《うそ》よ」カレンが口をはさんだ。「ジミー、お願い、セアラを行かせないで」

ジミーはカレンを抱きしめ、Ｔシャツの胸に顔を埋《うず》めさせた。「セアラ、今夜は泊まってもらえませんか。あとひと晩くらいいいでしょう」

妹を何とかなだめる方法はないものかと、セアラは頭をしぼって考えた。すぐに追いかけてこられるようでは困るのだ。カレンにはしばらく離れていてもらわないと……。

ああ、どうして出るところを見つかってしまったのだろう。見つかっていなければ、今ごろはもう終わっていたかもしれないのに。

だが、目の前で打ちひしがれている妹を見ると、そのまま去ることはできなかった。セアラはゆっくりバッグをおろした。「わかったわ。泊めてもらうわよ、カレン、あなたがどうしてもと言うなら。ジミーの言うとおりだわ。大騒ぎをすることでもないものね」

カレンはひっくとしゃくりあげた。「そうよ。それじゃ……それじゃ、泊まるのね？よく眠れるように、わたし何か探してくるから。それから、明日……お医者さまのところに行きましょう。みんなで力を合わせて病気を治すのよ。必ずよくなるわ。だから、お願い、チャンスをちょうだい……」

「わかったわ」セアラは手をさしのべ、ふたりはしっかりと抱きあった。必死にしがみついてくるような、怯《おび》えたような抱擁を受けて、セアラは妹の痛みを感じずにはいられなかった。それはセアラ自身の痛みでもあるのだから。「カレン、ほら、泊まるから。もう泣くのはやめて」

ようやく落ち着くとカレンはキッチンに行き、処方箋《しょほうせん》なしでも買える弱い睡眠薬と水を持って戻ってきた。「はい。これをのんで」

「ありがとう」セアラは錠剤を口に入れ、舌の下に隠した。「それじゃ、さっそく休ませてもらうわ。もう五分で眠っちゃいそうよ」

「ゆっくり休んで」カレンは最後にもう一度だけ姉を見やり、そしてもう一度抱きしめた。

「大好きよ、セアラ」

「わたしも」

ジミーがカレンを寝室に連れていく。セアラはそれを見守ってから睡眠薬を吐き出し、ベッドに横になり、天井を見つめた。今ごろきっとカレンはジミーの腕の中で、夫から妻にしか与えられない愛で慰められ、慈しまれていることだろう。けれどセアラは、そんな愛は一生味わえないかもしれない。

ベッドに横になったまま、セアラは泣いた。一時間以上も泣いて、もうカレンはきっと眠っていると思うころ、バッグをつかんで玄関を抜け出した。

セアラが抜け出したことには誰も気づかなかった。

自宅まで車を運転して帰り、急いで三脚にカメラをセットし、今すぐ使いたいという欲求を抑えてペンと紙を用意した。居間の静けさの中で、セアラは書き始めた。

〈カレンへ
　あなたにわかってもらえるように、何とか説明の方法があればと思います〉
　でもそれはない、と、ペンの端を噛《か》みながらセアラは思う。次は何て書こう？　本当のことを書けば、カレンがひょっとして信じてくれたとしても、やはりわたしは呼び戻されてしまうだろう。その点については、決してカレンを信じることはできなかった。
　だからこそ、これがどれほど妹を傷つける方法か、実際に目にし、知ってはいても、ほかにどうしようもなかった。自殺したと思わせるのだ。そう思えばカレンもセアラの家に来て、大声で名前を呼んだりはしない。呼ばれなければ、セアラはマーカスのもとで一緒に暮らせるのだ。
　でも、カレンは……。
　セアラは両手に顔を埋めた。カレンのことを思うと、頬を焼くほどの熱い涙がこみあげた。だが、カレンはきっとジミーが支えてくれるはずだ。きっと助けてくれるはずだし、それにカレン自身も、結局は潜在意識の深いところで真実に気づくときが来るだろう。本当は死んでなんかいなくて、別の時代に幸せに暮らしているとわかってくれるときが。
　もし、今回の旅で死ななかったらの話だけれど……。

だめよ。今はそんなことを考えている余裕はない。マーカスが助けてくれるから大丈夫。彼が助けてくれないはずがないじゃない。

セアラはまた手紙に戻った。

〈わたしはずっと体調が悪く、痛みもおさまることはありませんでした。それでも頑張ってはみたけれど、病気はよくなるどころか悪くなる一方です。もうむだなような気がします。勝てない敵を相手に闘い続けるのは疲れました〉

これではあまりに残酷だ。完璧《かんぺき》な遺書であり、人生の終わりを公言する以外の何物でもない。呼び戻される可能性を残さない範囲で、もう少しつけ加えよう。

セアラは考え、ふたたびペンを取った。

〈カレン、どうか悲しむのはやめて。打ちひしがれたときは、心の声に耳を傾けてください。子供のころ、わたしがけがをしたときにあなたにそれを伝えた心に。わたしの都合はおかまいなしに、わたしの心を読んでしまったこともあったわよね？　あなたの心にはきっと事実が見えるはずです、それを信じて。わたしがどんなに幸福でいるかを、あなたの心はきっと伝えてくれるでしょう。そして、わたしが言ったことを思い出してみてください。
あなたのことをいつも思っています。ジミーのことも。何があってもね。
どうかわかってください。
セアラ〉

これでもカレンは十分に傷つく。でも、致命的な傷つき方ではないとセアラは思った。なぜなら悲しみの底で二、三日過ごしたあと、カレンはきっと自分の心に問いかけ始めるはずだ。そうしたら、以前に聞いた話は真実だったのだと、きっと気づいてくれることだろう。

セアラは手紙を折り、封筒に入れた。そしてまた車に戻り、急いでトランクに自転車を積んで乗り込んだ。

十分後、カレンの家に戻ったセアラは通りに車を止め、ふたりを起こさないようにそっと玄関のドアの下に手紙をすべり込ませた。

絶望的な後悔が、大波のようにセアラに襲いかかった。カレンを叩《たた》き起こして、手紙を取り戻そうか。そしてここに置いてもらおう……安心できる場所に……妹の愛を受けて……。

でも、二度とマーカスとは会えない。生涯、彼なしで生きるのだ。
気力をかき集めて、セアラは車に戻り、走り去った。橋の上で自転車をおろして手すりに立てかけ、そうして川の流れを見下ろしてみる。カレンはまず手紙を見つけ、わたしを探しに出かけ、橋にさしかかるやこの自転車を見つけるはずだ。そして、川に飛び込んだと思う……。

セアラは両手に顔を埋め、運命に演じさせられたこの残酷な芝居のために泣いた。ひどいぺてんだ。だけど、これしか方法はない。

動揺がおさまる間もなく車に戻り、家に帰った。次にカレンがこの家を訪れるときは、わたしは死んだと思われている。だから呼ばれるはずがない。

カメラのタイマーをセットし、向かいのスツールに腰をおろした。そして人生を変える六十秒を待つ間、セアラはあとに残していくものすべてに目を向けた。

彼女は覚悟した。カレンにどんな苦痛を負わせようと、あるいは自ら命を落とそうと、わたしは運命のもつれをほどくために唯一可能な方法を試そうとしているのだ。

16

　セアラを見つけたとき、心臓は停止していた。しかし、それさえ野戦病院部隊のマーカスをひるませはしなかった。嘆いたり悲しんだりするかわりに彼は即刻心肺蘇生《そせい》に取りかかった。胸を規則的に押し続けると、やがて心臓がまた動き出す。

　脈を診ながら、もう一方の手で救急車を呼んだ。「こちらドクター・スティーヴンズ、五二五ウエスト・オーク・サークル。救急車を早く！　心拍停止だ」

　脈がまた弱くなり、とぎれ、彼は受話器を放《ほう》り投げてふたたび心臓を押した。「ぼくを置いていくなよ」奥歯を噛《か》みしめながら言った。「わけがあって戻ってきたんだろう？　だめだぞ、ひとりで行くな！」

　すぐに救急車は到着し、マーカスは片時もセアラのそばを離れず、隊員に逐一指示を出しながら自分も中に乗り込んだ。脈はまだ頼りない。

　技師が血圧を測り、報告した。マーカスは激しく首を振った。「だめだ、セアラ！　頑張れ！　せっかくここまで来たんじゃないか！」

「もうだめだな」
技師の声はマーカスの恐怖を突き抜け、彼は大声で叫んでいた。「ふざけるな、何がだめなもんか！　彼女はよくなる！　絶対に助かるぞ！」

心臓が締めつけられるようなひどい気分がしてカレンが目を覚ましたのは、明け方の四時だった。息苦しくて、体が押しつぶされそうな……。

はっと彼女は起きあがった。息を整え、暗闇《くらやみ》に目を凝らす。ジミーは横ですやすやと、安らかな寝息をたてている。

髪を後ろに払ったとき、じっとり汗をかいていることに気がついた。ネグリジェも湿っている。カレンはそっとベッドをおりて、寝室を出た。家の中は静かで真っ暗で、そしてゲスト・ルームのドアは――セアラの眠っている部屋のドアは、閉まっていた。

つま先立ちになって静かにその前を通り過ぎ、キッチンに行って水を飲んだ。それにしてもいやな感覚だった。死が迫ってくるような、何か恐ろしいことが起こったような……。

セアラ？

恐ろしいことになっているのはセアラだと、カレンはふいに確信した。あわててゲスト・ルームに行き、ドアを開け、セアラを起こそうとベッドに駆け寄った。が、もぬけの殻だ。

「何てこと……」怯《おび》えたように口を押さえたまま、カレンは部屋の電気をつけた。ベッドには眠ったあとがあり、セアラのものはそのまま箪笥《たんす》に残っている。

ゆっくり後ずさりしながらゲスト・ルームを出、今度は居間の様子を見に行った。明かりをつけて部屋を見渡したが、セアラはいない。

そのときだった。玄関ホールの床に落ちている封筒がカレンの目にとまった。

息苦しささえ覚えながら、カレンはそれを拾いあげ、封を開いた。パニックがふたたび彼女を襲った。「ジミー！」飛び起きてきたジミーに、カレンは姉の手紙を押しつけた。

「セアラが死んじゃう。ジミー、止めなくちゃ」

「行こう！」ジミーは鍵《かぎ》をつかんだ。「早く止めなければ」

「もし、手遅れだったら？」カレンが泣き声をあげる。

「手遅れなもんか。きっと間に合うさ」

ふたりは裸足《はだし》のまま車に走った。カレンはネグリジェ、ジミーは短パンにTシャツ。車寄せから車を出す夫の横で、カレンは焦りをつのらせた。「ジミー、早くして！」

車は通りに飛び出し、橋を目指して疾走した。どこへ行くにもあの橋はまず渡らなければならない。そして、ものすごいスピードで渡りきろうかというとき、ジミーが急ブレーキをかけた。

今度は車をバックさせた。橋の上に放置された一台の自転車に、ちょうどヘッドライトがあたるまで。「セアラの自転車かい？」

「ああ、どうしよう……」カレンは車から飛び降り、必死であたりを見まわした。「セアラ！」ジミーも叫んだ。「セアラ、聞こえたら返事をして」

カレンはジミーの胸に泣き崩れた。「川に飛び込んだのよ……ああ、どうしよう、セアラは川に飛び込んだんだわ！」

ジミーはカレンを抱きしめ、あたりに目を凝らしながら、セアラがどこからかやってきてカレンを安心させてくれるのを待っていた。けれど、心の隅の理性の部分では、カレンの言うことに同意している。「警察に連絡しよう」そっとジミーは言った。

「だめ、しないわ」おかしくなったようにカレンは首を振り、車に向かった。「セアラはきっと家にいるのよ。わたしにはわかるの」

「でも、あの手紙は？　セアラが気持ちを伝えてきたんだろう？　それに自転車が……」

「そんなの盗まれたのかもしれないわ。セアラの気持ちだって変わるかもしれない。自分のベッドで眠ってるのかもしれないじゃない。そうよ、きっと普通に……」

ふたたび泣き崩れたカレンを、ジミーは車に連れていった。「まず家を確認して、警察に連絡するのはそれからにしよう。大丈夫だよ、カレン。きっとセアラは家にいるから」

助手席に座ったカレンは、セアラの家に着くまで、ずっと震える手でジミーにしがみついていた。車寄せには、いつものようにセアラの車が止まっていた。それがまるで普通の日のひとこまのようで、やっぱりセアラは家にいるかもしれない、とカレンはまた希望を抱いている自分に気づいた。でも、怖いのはその希望なのだ。なぜなら心の深いところでは、セアラに会えないことはちゃんと知っているのだから。

「わたし、中に入れない」車から降りようとするジミーにカレンは言った。「だめ……入れないの」

「最悪の状況を想像してるのかい？」

「違うわ！　いないことがわかるのが怖いのよ」

「ぼくが行ってくるよ。ここで待ってて」

心臓をどきどきいわせながら、カレンはひとり車の中で祈っていた。どうかジミーがセアラを連れて出てきてくれますように。そしてセアラは両手を広げて、やっぱりやめたわ、と笑うのだ。死んでも何もならないものね、もう一度生きてみることに決めたわ、と。

緊迫した時間が続いた。ひとりで待つには長すぎる時間が過ぎて、とうとうカレンは我慢できなくなって玄関に向かった。

ちょうど階段からジミーがおりてくるところだった。苦悩に顔を歪《ゆが》めて。「カレン、セアラはここにはいない。警察に電話したよ。橋で会うことになった」

「いや！」カレンは口を押さえ、壁に寄りかかった。「ジミー……」

「警察が見つけてくれるかもしれないよ。仮に川に飛び込んだとしたって、死んだとは限らないじゃないか。もしかすると、まだ——」

「いいえ、セアラが飛び込むはずがないわ。絶対に飛び込むもんですか！　わたしたち、そんなふうに育てられてないもの。自殺なんて考えられない」

「でも、セアラは病気だったんだよ。きっとずいぶんつらかったんだろうね、耐えられないくらいに。だからきみにも——」

「やめて！」カレンはジミーの腕の中を飛び出し、キッチンに走った。誰もいないとわかると、今度は浴室に。ジミーは、そうやってひとつひとつ部屋を探していくカレンの姿を、後ろから黙って見守った。

　とうとう暗室に来た。カレンが電気をつけ、中に入っていくと、カメラが三脚にのっていた。隠しておいたはずのカメラが、姉の身に起こっていた一連の出来事に、何か関係がありそうだったカメラが。

「このカメラ！」カレンは大声をあげた。「セアラったら見つけたんだわ。わたしが隠しておいたのに、セアラったら。ねえ、ジミー！」ジミーが腕を伸ばすとカレンは逃げ、カメラに走り寄ったかと思うと三脚からむしり取って床に投げつけた。

　さらに蹴飛《けと》ばし、投げつけ、ばらばらに壊しながら、カレンはなぜ自分はこんなことをしているのだろうと思った。このカメラが果たしている役割も、結局わからなかった。重要な役割を果たしていることは確実だったのに……。

ジミーが、これ以上やってけがをしないようにとカメラからカレンを引き離して、とうとうカレンは夫の胸に倒れ込んだ。

「ああ、ジミー、ごめんなさい。いったいどういうことなんだか……」

「おいで、帰ろう。橋には、ぼくが出直して行くから」

「いやよ！　わたしも行かなくちゃ。セアラが見つかったときに、わたしがいてあげなくちゃ」

ジミーは黙ってうなずくと、いたわるように妻を車へとうながした。


緊急信号が病院内の医師全員を呼び集めても、マーカスはセアラのそばを離れなかった。なおも心臓マッサージを続ける彼の顔は疲れ、それでも決意で緊迫しきっており、まわりの医師たちも、たまたま勤務中だったジーンを含め、大声で指示を出しあいながら治療にあたった。

心臓はとうに止まっていたが、マーカスは心臓マッサージをやめるどころか、セアラの上にまたがって全身の力をこめて胸を押し続けた。ジーンが電気ショックの準備を整え、全員が患者から遠ざけられた。びくんとセアラの体が跳ねあがる。が、心臓の反応はない。

「もう一度だ」マーカスが言い、ふたたび電気ショックが与えられた。さらに、もう一度。

心臓は動き出さなかった。

マーカスは椅子に座り込み、茫然《ぼうぜん》とセアラを見つめた。その肩にジーンが手を置く。

「行ってしまったんだよ。おれたちにできることは、もう何もない」

マーカスは、細かい震えが全身に広がっていくのを感じた。彼女は行ってしまった……。でも今回は、もう決して戻ってこないところへだ。向こうで笑い、楽しみ、生きているわけじゃない。行ってしまったら最後、おしまいなのだ。

そんなことを認めてもいいのか？

昔、死んだも同然の人間を大勢救ったじゃないか。もうだめだ、助からない、と匙《さじ》を投げられた命を、たくさんよみがえらせたじゃないか。

彼はいつも最後まで諦《あきら》めなかった。まわりじゅうの人間が、もうやめてくれと頼むまで。患者のかすかな脈が戻り、そしてついには命がよみがえるまで！

そこまでマーカスが頑固でなければ見捨てられていた命は数えきれないほどだ。そして彼にとってセアラの命は、その命を全部合わせたよりももっと大切なのだ。

「彼女は死んでない」医師団が背を向けようとしていたとき、マーカスは言った。彼は治療台に戻り、額から汗をしたたらせながら、ふたたび心臓マッサージを始めた。「セアラ！」胸を押しながら叫んだ。「まさか、死んだりしないよな。ぼくは、戻ってくるなって言ったんだぞ。なのに、くそっ、こんなふうになって！　だからいいか、一緒に闘うんだぞ。もし諦めたら、もし勝手に行ったら、ぼくは絶対に許さないからな！」

変化はなかった。それでも、マーカスはやめようとしなかった。やがて医師たちが止めにかかった。看護師たちは、自分たちの救急治療室で頭がどうかしたのかと、恐ろしいものでも見るような目つきで彼を見た。だが、そんな目は昔も向けられた経験がある。マーカスは気にもせず、ひたすら自分の仕事を続けた。

胸を押し、反動でセアラの体が引きつるたびに、涙が目を刺した。これでもだめか……これでもか……。彼はどんどん力を強めた。何とか心臓を動かしたくて必死だった。

「セアラ！　目を覚まして、ぼくを見るんだ！　目を覚ませよ！　何やってるんだ！　最後まで闘いきらなかったら、苦労が全部、水の泡なんだぞ！」

モニターのぴーっという音が命の復活を伝えた。全員の安堵《あんど》のため息が揃《そろ》い、そしてまたみんなセアラのまわりに集まってきた。

「やっとつかまえたな」ジーンが言った。「やめるな。そのまま取り戻せるぞ」

マーカスは心臓を押し続けた。息を切らし、はあはあ言いながら続けていると、とうとうセアラの顔に血色が戻ってきて、呼吸をし始めたのがわかった。マーカスは手を休め、心臓がきちんと機能し始めたことを確認した。と、突然ふらふらと後ろによろめき、両手で顔を押さえたかと思うと、彼はわっと泣き出した。もしセアラを救えなかったらという恐怖から、ようやく解放された涙だった。

部屋はしんとなり、また全員がマーカスを見つめていた。

「まったくたいした医者だな、マーカス・スティーヴンズ」ようやくジーンが声をかけた。

「おれだったら、とうの昔に諦めていたよ」

マーカスは気持ちを奮い起こし、首を振った。「諦めないさ。まだ希望のあるうちは」

「そこがおまえは違うんだよ。おれには何の希望も見えなかった」

マーカスはセアラの顔をのぞき込み、頬に手を触れた。ひどい熱が出ている。彼はすぐさま薬の指示を出した。前回成功したやり方で、もう一度乗りきるのだ。

顔にかかったセアラの髪を後ろにといてやったとき、彼はふいにどうしようもない憤りを覚えた。本当に助けるべきだったのだろうか。呼び戻されたらセアラはまた同じ苦痛を味わわなければならないんだぞ。

「なぜこんなことをしたんだ」頬に唇を寄せながらマーカスはつぶやいた。「どうして戻ってきたりなんかした？　それで死んでしまったら、元も子もないじゃないか」

セアラは眠っている。

「もしぼくの声が聞こえたら、心臓がもっと強くなるまでカレンが呼ばないでいてくれるように祈るんだ。ああ、まだだなんて無理だよ、セアラ。今回だって危なかったのに」

自分の涙が頬を伝うのがわかり、するともうそれ以上、マーカスは悲しみにあらがうことはできなかった。けれど、昏睡《こんすい》に深くとらえられているセアラには何も聞こえない。それから三日間、マーカスは片時も彼女のそばを離れなかった。

17

カレンはジミーのコートにくるまって、川の土手から姉の捜索活動の模様を見つめていた。コートの下はまだネグリジェのままだった。気持ちは混乱しすぎるほどに混乱していた。膝を抱えて様子を見守り、誰かが何かを持ちあげるたびにさっと不安な目は向けても、それでも何も見つからなければいいのにと万に一つの望みを捨てきれずにいた。

自殺……。どうもカレンには納得がいかなかった。セアラは自殺をするようなタイプではないのだ。成功者であり、夢想家であっても、決して後ろ向きの人間ではない。けれど、もしかすると、そういう人こそ実は自殺をするのかもしれない。心の中はつらくてたまらないのに顔には幸せを装い、何とかうまく乗り越えていこうとする人たちこそ。でも、もしセアラがそんなふうだったとしたら、わたしにはわからなかっただろうか。

きっとわかっていたはずだと、警官の輪から離れてこちらにやってくるジミーを見ながらカレンは思った。わかっていたはずなのに、目を背けてしまったのだ。

カレンはジミーに顔を向けた。もう何時間もここに座っている彼女の顔は、涙と埃《ほこり》にまみれている。「どんな具合ですって？」

ジミーは隣にしゃがみ込んで、妻の体を包むようにした。「下流に流されたんじゃないかって。もしそうなら、いつまでもここで探していても時間のむだだって」

カレンは表情のない顔でうなずいた。「一生懸命探してくれてるものね。まるでセアラを見つけたいみたいに」

「警察は見つけたいんだよ。何が起こったのかは、はっきりさせなくちゃいけない」

「でも、もし、どこにも見つからなかったら？」カレンは涙が引いていくような気がし、それから首を振った。「ごめんなさい、ジミー、おかしなことを言って。でもわたし、どうしてもセアラが死んだような気がしないのよ。大変なことは何か起こってると思うのよ。ひどい病気とか。でも、セアラは生きてるわ」

双子の特殊な結びつきを、ジミーはこれまで一度も疑ったことがない。彼は今回も妻の言葉に素直に耳を傾けた。「セアラは川にいるかな？　それともどこかの岸に？」

カレンは首を横に振った。「みんな時間のむだのような気がするわ。川なんてまるで関係があるように思えないんだもの。でも、何が関係あるかなんて、きっと神様にしかわからないのよね」

カレンは泣き出した。ジミーは抱いてやったが、問題の解決にはまるで無力だった。セアラは生きているのか死んでしまったのか、カレンが真実を突き止めてくれるまで待つ以外にないのだ。

セアラが目を開けたとき、ベッドの横にいたマーカスはすぐさま身を乗り出した。「セアラ、起きるんだ。ほら、目を覚ましてごらん」

ようやく頼りなげな笑みが浮かんだ。「マーカス……」

マーカスは目を潤ませ、セアラの頬にキスした。「本当に危ないところだったんだよ。何日も眠ったままだったし」

彼はとても疲れていて、目は真っ赤で、無精髭《ひげ》がかなり伸びていた。「ここはどこ？」

「病院だよ。心臓が止まったんだ。危うく行ってしまうところだったよ」

「でも、あなたが連れ戻してくれたわ」

そのとおりだし、その言葉に彼の心は安らぎさえ感じてしまいそうだった。

「でも次は、向こうにはぼくはいない。妹さんにいつ呼び戻されるかわからないんだよ。今度こそきみは……」

セアラは首を振り、今度は彼女の目が涙でいっぱいになった。「わたしはもう呼び戻されないの。カレンはわたしが死んだと思ってるから」

「何だって？」

「自殺よ。遺書を書いて……」その言葉に疲れを感じたセアラは、間をおいて呼吸を整えた。「わたしは、もう死んだと思われてるの」

　瞳に苦悩を宿らせたセアラを、マーカスはじっと見つめた。やがてささやくように「あア、セアラ……」と言うと、彼女を抱きしめ、彼女の痛みを感じ取った。妹と別れなければならなかった痛みを。裏切りの痛みを。愛する人間に痛みを負わせなければならなかった痛みを。

　が、そのことが自分に何を意味するかに、マーカスは突然気づいた。セアラはもう帰らなくてもいいのだ。ここで暮らし、共に人生を分かちあい、生涯自分を愛してくれるということだ。

「ああ、セアラ」今回はもう少し力をこめて、マーカスはささやいた。これでいいんだという思いが、どんどん胸の中でふくらんでいく。「ああ、セアラ！」

　静かに抱擁を解いて見つめると、涙の浮かんだ目でセアラはほほ笑んでいた。「もうわたしから離れられないわよ」

　マーカスはぎゅっとまぶたを閉じた。こぼれ落ちた涙がこれまでの人生の悲劇を洗い流し、代わりに彼は希望をつかんでいた。「いい人生を送ろうね、セアラ。きっと幸せにする。ぼくと人生を過ごせて本当によかったと思ってもらえるように」

「もう思ってるわ、マーカス」

　マーカスは彼女の体をもう一度抱き、その腕の中でセアラは眠った。もう何も焦ることも、心配することもない。ゆっくり眠ってもかまわない。なぜなら、セアラが必ず目を覚ますことをマーカスは知っていたし、そして明日も、必ず彼女はここにいるのだから。

ビデオデッキの時計が午前三時を知らせていたが、カレンはまだソファの上で、ジミーに抱かれて丸くなっていた。ジミーが疲れていることはカレンにもわかっていた。けれど彼が、カレンを決してひとりにさせようとしなかった。今日ジミーはどの警察官にも負けないくらい必死でセアラを探し、やがて日が暮れ、作業は打ちきられた。

「セアラは死んでないわ」ようやくジミーの耳に届くくらいの声で、カレンはつぶやいた。

「わたしにはわかるの」

「それじゃ、どこにいる?」

「わからないわ。でもセアラは、心の声に耳を傾けなさいって言ったのよ。そして、傾けてみるとね、ちゃんとセアラの声が聞こえるの。どこかで生きているのよ」

ジミーはカレンの涙を拭《ぬぐ》い、慰めになるような言葉を探した。だが、自分でも哀れになるくらいの無力さを、カレンと知りあって以来初めて感じるだけだった。

「苦しんでいるような感じも、もうしなくなったの」

ジミーはカレンの目をのぞき込んだ。「今はどんな感じがするんだい?」

「安らかな感じ。わたしじゃなくて、セアラがよ。具合がよくなったような、幸せをつかんだような……」

ジミーはソファの背に頭を戻し、宙の一点を見つめた。カレンの言葉を疑いはしないが、彼には実感もできなかった。「それで、きみはどうなんだ？　もしそれ以外に何もわからなかったとしたら、そういうふうに感じるだけで満足できる？」

カレンは長い間をおいた。「わからないわ」目にまた涙をためながら、ようやくカレンは言った。「満足できないかもしれない」

カレンは目を閉じて、この数カ月間にセアラが言ったことを全部思い出そうとした。鍵《かぎ》はマーカス・スティーヴンズだと思うのだが、何がどう結びつくのか、まともな説明がさっぱりつかない。

幻覚を起こしたときにセアラが言った言葉が、ふと思い出された。タイムトラベルのこと、間違った時代に居場所を見つけてしまうということ。この人だという人にやっと出会えたのにわたしがいつも呼び戻してしまう、と……。

カレンはジミーの腕をすり抜け、もう何千回と読み返したセアラの手紙を取りに行った。最初の数行は、明らかに自殺を示唆したものだ。まるでセアラじゃない人が書いたみたいな。ところが次の部分は、まさにセアラらしかった。そして何か、秘密のメッセージが隠されているような気がするのだ。読むというよりも、カレンが感じ取ることを意図してセアラが書いたような。

〈カレン、どうか悲しむのはやめて。打ちひしがれたときは、心の声に耳を傾けてください。子供のころ、わたしがけがをしたときにあなたにそれを伝えた心に。わたしの都合はおかまいなしに、わたしの心を読んでしまったこともあったわよね？　あなたの心にはきっと真実が見えるはずです、それを信じて。わたしがどんなに幸福でいるかを、あなたの心はきっと伝えてくれるでしょう。そして、わたしが言ったことを思い出してみてください〉

セアラが言ったこと……。幻覚症状の中でセアラが口にした不可思議な話が、ふと脳裏によみがえった。ばかばかしいと無視した話だ。だって、そんなことが実際にあり得る？

カレンの心は、相変わらず姉の幸福と希望と安らぎを伝えてきた。悲しみや絶望や死を伝えられるよりはずっといいけれど……。

セアラの手紙を胸に押しつけ、もう少しだけカレンは泣いた。が、やがて希望の光が少しずつ苦悩を押しやり、カレンは夫の腕の中で、安らかな眠りについていた。

退院の日は、空がまぶしいくらいに晴れ渡っていた。セアラの体はまだ弱くても、その目に浮かぶほほ笑みはどんな病も負かしてしまえそうなほど力強かった。

自宅へと車を走らせるマーカスに、彼女は笑みを向けた。そっと手に触れると、マーカスはその手を握って自分の唇に運んだ。

「びっくりさせることがふたつあるんだ」

「何？」

「ひとつはね、昨日、病院のいちばん偉い人に声をかけられてね。ぜひ戻ってこいって。腕のいい外科医が必要だそうだ。ぼくの腕なんかもう錆《さ》びついてますって言ったんだけどね、それでも相手は引っ込まなかった」

「だって、あなたは英雄ですもの。看護師さんたちもみんな言ってたわ。あれだけ必死に、あれだけ諦《あきら》めずに人の命を救った先生は見たことがないって。あなたみたいなお医者さまを、みんなが求めているのよ」

「わかってる。実を言うと、きみの治療にあたっていたとき、自分がどれだけ多くの命を救ってきたかをふと思い出したんだ。ひとりひとりの顔も思い出した。傷も、どんなに絶望的な状況だったかも。でも今はみんなぴんぴんしてるんだよ。きみの心臓マッサージを続けながらね、ぼくはそのことだけを考えようと思った。あいつらを救えたんだから、きみのことだって救えるはずだって」

「そのとおりだったわね」

「ああ、どんなにうれしかったか……。そして、ぼく以外の人間には、きみの命はきっと救えなかっただろうと思った。たぶん、そのときだろうな、自分が根っからの医者だと思ったのは。これからは失った命でなく、救った命を数えていくことにしたよ。失敗の代わりに成功の数をね」

「それじゃ、仕事に戻るのね？」

マーカスはにっこり笑った。「きみがよくなりしだいね。病院がポストを用意してくれたよ」

セアラはマーカスにもたれかかり、体に腕を巻きつけた。「ああ、マーカス、何てすてきなの！　それでこそあなたよ。だって必要もないのに、どうしてあなたばかり自分を苦しめなくちゃいけないの？　たった一回の過ちのために、すべてのものに背を向けて」

マーカスの顔から笑みが消えた。彼は運転を続けながら、セアラの頭に自分の頭をもたせかけた。「でも、ぼくは忘れないよ。あの子のことは絶対に忘れない」

「ええ。そのためにあなたの心には寂しい部分が残って、それは消えることはないんでしょうね。ちょうど、車の前に飛び出したあなたを思うわたしの気持ちと一緒よ。でもね、あなたが今ここにいてくれるから、わたしの心は救われたわ。そしてわたしの命を救ったことによって、その子に対するあなたの罪も贖《あがな》われたんじゃないかしら？　わたしはそう信じるわ、マーカス」

互いに頭を寄せあいながら、人生の中でそれぞれに抱いてきた悲しみを嚙《か》みしめるように、ふたりは黙っていた。やがてセアラがそれを先にしまい込み、ふたたび笑顔を取り戻した。

「ねえ、びっくりすることのふたつめは？」

彼はいたずらっぽい笑顔を見せた。「きみの入院中、付き添ってないときのぼくはとっても忙しかったんだ。だって出生証明がないだろう？　あれがないと普通の暮らしはできないからね、いろいろ手をまわしたりして――裏からだけど――大変だったよ。それに、きみの服も買わなきゃいけないし、家の準備もあるし。でもね、きみにものすごく似合いそうなドレスを見つけたんだ。ちょうどぴったりのドレスだよ……その……結婚式に」

「結婚式？」マーカスを見上げた目には、うっすらと涙が浮かんでいた。「結婚式って？」

「まさに今日の午後、聖十字架バプテスト教会で執り行われる式だよ。牧師さんとはそこで会うことになってるんだ。もし、きみさえよければ」

セアラはしゃくりあげながら、もう一度彼に抱きついた。マーカスには、答えはそれだけで十分だった。

まるで神の祝福のようにステンドグラスから何色もの光が降り注ぐ中、牧師はふたりが夫婦であることを宣言した。マーカスは新婦にキスした。それは本当に、ほかのどの新郎のキスよりも優しく、深い愛に満ちあふれていて、牧師はにこやかにふたりを見守った。

しかし、その本当の意義は、この結婚の本当の価値は、当人たちにしかわからない。時に挑み、現実をくつがえしたふたりにしか。

唇を離したとき、マーカスの目は潤んでいた。額を合わせたまま彼はいとおしむようにセアラの頬に指先をすべらせ、つぶやいた。「また、ぼくに生きる理由を与えてくれてありがとう。きみは神の罰ではなく、美しい贈り物だったたね。本当はぼくなんか一生かかったって授かれないはずの。でも、だからといって、ぼくはふさわしい男になるのを諦めたわけじゃないからね」

涙がセアラの頬を伝い、幸せを刻みつけ、そうしてセアラはつま先立ちになって、キスのお返しをした。

マーカスは新婦の手を取って教会の外へとうながし、牧師にありがとうと手を振って、車を走らせた。橋まで行き、その中央あたりで車を降りる。手すりに寄りかかって川を見下ろすと、今日の流れはゆっくり穏やかだった。

「わたし、戻らなくていいなんて信じられないわ。このままここにいられて、しかもあなたの奥さんになれるなんて。一緒に暮らせるなんて……」

「さあ、願い事だ。ブーケを投げて、何か願い事をしてごらん」

「それ、効くの?」

マーカスは笑った。「ぼくらの場合は効くよ。何といっても宇宙が動き、時間が逆行したんだから。さあ、やってごらん。何でも好きなことを祈るんだ」

セアラはブーケに顔を埋《うず》めて目を閉じた。今日マーカスがくれた幸せを絶対に放したくないと願う一方で、すぐに気持ちはカレンに動いた。彼女の傷ついた心や、悲嘆にくれた姿に。「わたし、カレンの心の安らぎを祈るわ。それと、理解と。大丈夫だってわかってもらえるように」

「それじゃ、ぼくも一緒に祈ろう」

セアラはブーケを投げ、それが水面に落ち、ゆっくりと流れ出すのを見つめた。悠々とした流れ方だった。まるでセアラの願いの運び先を、ちゃんと知っているかのように。

そうしてふたりは車に戻り、これからの人生を分かちあうことになる家に向かった。ふたりの子供を育てる家。マーカスは医者をし、わたしは……そう、身近なものの、シンプルな美しさを写真に撮ろう。そうすればいつか、一九九〇年代のいつごろか、誰か関心のある人がコレクションを見つけてくれて、ああ昔はこんなふうだったのかと、よさを発見してくれるかもしれない。

ゆっくりと甘やかに交わされた愛が、ふたりの結婚を完成させた。同じ時代、同じ場所に交わした将来の約束は、以前の誓いをより新鮮で、のびやかなものに変えた。絶望と悲劇の中で瞬間瞬間を生きていたふたりが、今は興奮に身をまかせ、陶酔にひたり、そして呼び戻されることを怖がらなくていいという解放感に酔っていた。

その夜、セアラは夫の腕の中で眠った。明日、目が覚めたときにも、わたしはそこにいる。そしてそのうちにタイムトラベルや、ふたりが別れなければならなかったことや、病気のことは忘れてしまって、代わりに食べ物や請求書や、そういう所帯じみたことを考えるようになるのだろう。

いいえ、わたしたちだけは決してそんなふうにはならない、とセアラは思い直した。こんなに大変な思いをしてつかんだ幸せだ、決して慣れっこになったりはしない。

彼の妻になるために払わなければならなかった犠牲についても、セアラは穏やかな気持ちで考えられるようになっていた。カレンは大丈夫。悲しみと困惑の間のどこかで、きっとこの真実を感じ取ってくれているはずだ。

だって、この幸せをカレンが感じないはずがない。なぜなら、過去にカレンが感じ取ったどんな体や心の痛みより、恐怖より、この感情は強いのだから。

カレンは気づくわ……。ほほ笑みながらセアラは思った。大丈夫、とにかく気づいてくれる。

18

マーカス・スティーヴンズが鍵《かぎ》だわ。居間に夜明けの光が差し込んできたころ、カレンは相変わらずそこのソファで、ジミーの腕に抱かれていた。もっとマーカスのことが知りたかった。セアラが知って、そこまで夢中になったことを、何でもすべて知る必要がある。そうすればセアラを見つける手だても見つかるかもしれないのだ。

シャワーを浴びて出ると、ジミーが警察からの電話を受けていた。手がかりはまだないが、あと一時間くらいしたら捜索活動を再開する、という連絡だった。

カレンはキッチンに行き、疲れた顔をしたジミーが電話を切ったところで朝のキスをした。「わたし、ちょっと出かけてくるわ」

「どこに？」

「どこっていうか……ただ、歩いてくるだけ。考えたいの」

「一緒に行くよ」

「ううん。ちょっとしなくちゃいけないこともあるし。ただ、頭にあることをすっきりさせたいだけなんだけど、でも、あなたにはきっとわからないと思うから」

ジミーはカレンを抱きしめた。大きな体に抱かれると自分のちっぽけさが身にしみたが、同時に守られていることも感じた。

「きみは疲れきっているんだよ、ハニー。神経も高ぶってる。ぼくに何の説明もする必要はないし、きみのじゃまをしないように、ぼくは静かにしているよ。でもとにかく、きみをひとりにさせるわけにはいかない」

カレンの無言の承諾に、ジミーは急いでシャワーを浴び、服を着替えた。車のところに来ると、ジミーは約束どおりカレンの意思を尊重し、彼女に運転をまかせた。

ただ問題なのは、自分がどこへ行きたいのかカレン自身が知らないことだ。それでも、マーカス・スティーヴンズについて何か情報を得なければならない。

そうだ、大家さん。セアラに遺品を渡した大家の存在を、カレンは思い出した。その人から話を聞ければ、もう少し何かわかるかもしれない。そこから、この謎《なぞ》を解くための手がかりが何かつかめるかもしれない。

「わたし、マーカス・スティーヴンズの大家さんに電話するわ」不可解そうな視線を感じたカレンは、きかれる前に彼の手を取った。「理由なんてわからないわ、ジミー。でも、そうしなくちゃいけない気がするの」

「カレン、誰も理由なんかきいてやしないよ。セアラに対するきみのその直感を、ぼくは一度も解明しようなんて思ったことはない。ただ、そうなんだろうと思うだけさ。何でも思ったとおりにやってごらん」

カレンは車を降り、マーカス・スティーヴンズの電話番号を調べた。彼の死以前に発行されている電話帳には、まだ番号が載っていた。それでも、この番号は使われていませんと、どうせ録音の案内が流れてくるだろうと思いながらカレンが待っていると、女性の声が聞こえてきた。「もしもし」

「あ……あの」カレンは咳《せき》ばらいをした。「わたくし、カレン・アレンというものです。突然のお電話で申し訳ないんですが、もしよかったら、これからお宅にうかがって少しお話をうかがえたらと……あの、マーカス・スティーヴンズさんのことで」

「はあ。いいですよ。どうぞいらしてください」女性は道順を教えてくれた。カレンは電話帳の表紙の隅に急いで書き取って破った。

「ありがとうございます。すぐにうかがいますから」カレンは車に戻り、夫の顔を見た。「これから、マーカス・スティーヴンズの大家さんに会いに行くわ」

夫はうなずいた。「了解」

ふたりは静かに、教えてもらった場所に向かった。着いてみるとそこは古い大きなお屋敷で、すべての窓に鉢植えの花が飾られ、前庭にもあらゆる種類の花が咲き乱れていた。幸せと喜びの香り漂う家の様子に、カレンは困惑の目を夫に向けた。「きれいなお宅ね。

でも、どうしてセアラはこのことをひと言も言わなかったのかしら。こういう家が大好きなのよ。お花にもきっと惹《ひ》かれたでしょうに……」

肩をすくめただけでジミーは車を降り、カレンも従った。ふたりは手に手を取って、ゆっくり玄関に向かった。

ドアに現れた女性は、すぐににっこりとほほ笑んだ。「ようこそ。あなたがカレンね」

「はい。本当に突然おじゃましてしまって申し訳ありません。でも、マーカス・スティーヴンズさんのことを、ぜひお聞きしたくて。姉から、こちらのお宅を間借りされてたって聞いたものですから」

「は？　間借り？」女性は頭を後ろにのけぞらせ、大声で笑い出した。「まあ、まあ、おもしろいこと。確かにドクター・スティーヴンズはここにお住まいですよ。でも、先生のお宅ですよ、ここは。わたくしはただの家政婦です」

「家政婦さん？」カレンはジミーを見やった。

「あの、今、先生はここにお住まいだっておっしゃいましたよね？」ジミーがたずねた。

「どうやらお宅を間違えたようです。わたしたちは、数カ月前に交通事故で亡くなられたマーカス・スティーヴンズさんのお宅を探していまして」

家政婦は笑みを控えた。「それじゃ、人違いねえ。お年はお年ですけど、ぴんぴんなさってますもの。よかったら、直接お話しなさることだってできますよ。今、奥さまとそこの公園にお出かけでね、毎日このくらいの時刻には鳥に餌《えさ》をやりに行かれるんです」

公園のほうに目を向けるカレンの額には、今や皺《しわ》がくっきりと刻み込まれてしまったようだった。「それじゃ……行ってみようかしら。でも、おじゃまじゃありません？」

「じゃまだなんてとんでもない。旦那《だんな》さまもセアラ奥さまも、若い人が大好きですよ。さあさ、行ってらっしゃいな」

「セアラ？」カレンは息をのんだ。心臓が、死んでしまうのではないかと思うくらいの勢いでどくどく打ち始め、それが耳もとにまで響いた。やがてジミーの手が肩にかかるのを感じ、後ろを向かされ、ありがとうございましたと彼が礼を言っているのが聞こえた。

ジミーは車のところまでカレンを連れて帰り、助手席に座らせた。ふたりとも茫然《ぼうぜん》と前を向いて座っていた。「何だか変だね」ようやくジミーが言った。

カレンは頭を振った。「変どころじゃないわ」

「でも、人違いに決まってるよ。偶然が重なっただけさ」

「そうかもしれないし、そうでないかも……」

ジミーはエンジンをかけ、公園へと車を走らせた。通りから、ベンチに並んで腰をおろし、鳥にポップコーンをやっている老夫婦の後ろ姿が見えた。餌を投げるたびに鳥が頭の上まではばたき、またおりてくるのを笑いながら見ている。

声をひそめるようにしてカレンは言った。「あなたはここにいて。これはわたしが自分でしなくちゃいけないことだから」

ジミーは反論しなかった。車を降りたカレンは、ゆっくりと公園の中に入っていった。ふたりに近づくにつれ心臓は苦しいくらいに打ち、手は震え、呼吸さえ難しくなってくる。あの日、病院で聞いたセアラの叫びが、今また頭の中で何度も何度も繰り返されていた。

〝あなたがいつも呼び戻すのよ、カレン……。お願いだから、次はどうか呼び戻さないで。わたしをただ向こうに行かせて。そのほうが幸せなのよ。彼と一緒にいたいの〟

涙がカレンの頬を流れ落ち、と、ふいに老婦人がベンチから立ちあがった。カレンはぴたりと足を止めた。カレンが見つめる中、老婦人はゆっくりと振り返り、眼鏡の奥からカレンを見つめた。

セアラ……。カレンは愕然《がくぜん》とした。セアラだけれど、老人なのだ。白髪頭で、顔も皺くちゃで、背中も少し丸くなった姉の姿を、カレンはじっと見つめた。幸せそうな姉の目がまず自分を認め、喜び、そして、ふいに恐怖におののいた。

〝わたしを呼び戻さないで……お願いだから、呼び戻さないで〟

カレンはすぐにでも走り寄っていって、セアラを抱きしめたい衝動にかられた。が、その瞳に浮かんでいる恐怖と不安を見ると気持ちが萎《な》えた。

今さらそんなことしたって遅いわ、とカレンの心のずっと奥にある何かが訴えた。セアラの言っていたことが、そして、どうかしていると自分が耳も貸さなかったことが、本当に起こってしまったのだ。

タイムトラベルをして、別の時代の人に恋をして、向こうでその人と一緒に暮らしたい……。それは、単なる空想ではなかった。せっかくタイムトラベルできたのに呼び戻さないでというのも、切実な願いだったのだ。

ということは、カレンがセアラに近づいただけで、すべてが引っくり返ってしまうということもあるのかもしれない。ここまでのセアラの人生を、まるごと消し去ってしまうことも。セアラの瞳に浮かんでいた幸せを奪い取ってしまうことも。

ゆっくりと、カレンは後ずさりを始めた。

すると、老いた姉の顔が感情に歪《ゆが》み、すうっと涙がすべり落ち、その目に思い出が光ったのをカレンは見た。マーカス・スティーヴンズも立ちあがってカレンを見たが、まるでカレンのことを知っているような感じだった。そして、怯《おび》えているような……。

あなたを呼び戻したりしないわ。カレンは心の中で泣き叫んだ。そしてその声が、なぜか姉にも届いたことがわかる。カレンはさらに後ろに下がった。

セアラは目を離すこともできず、じっと妹を見つめていた。とうとうカレンは背を向け、引き返し始めた。足はどんどん速くなり、余裕を失い、最後には車に駆け込んだ。

「話したかい？」心配そうな顔をして、ジミーが言った。

「話さなかったわ」

「そう……セアラのことをきいてくるかと思ってたのに」

「きく必要がなかったの」カレンはそう言うとヘッド・レストに頭をつけ、はらはらと涙を流した。向こうでは老いた夫が妻を慰めているらしく、そっと背中をさすりながら、ふたりで家の方へ歩いていくのが見えた。姿が見えなくなったところで、カレンは涙いっぱいの顔をジミーに向けた。「セアラは死んでないわ、ジミー。幸せにしてるのよ。いい人生を送ってるのよ」

「どこで？」

大きく息を吸い込み、言おうか言うまいかカレンは迷ったが、やはり自分の胸にしまっておくべきことのような気がした。双子の姉と自分だけのこと。姉に代わって、ずっと自分が守ってあげなければいけない秘密なのだ。

「どこかで」ささやくようにカレンは言った。「どの時代かに」

ジミーは困ったようにカレンを見つめたが、やがて妻の手を取り、黙ってその説明を受け入れた。

「行きましょう」カレンが言った。

「川には行ってみるかい？　警察が捜索してると思うけど」

カレンの唇に微笑が浮かんだ。「あそこにはセアラはいないわ」彼女はすっと夫に寄り添い、肩に頭をもたせかけた。「うちに帰りましょう。セアラのことは心配いらないから」

車が走り出すと間もなく、前方の歩道に老夫婦の後ろ姿が見えた。

カレンはそっとジミーの脚に触れた。「スピードを落として」

車はゆっくり夫婦の脇《わき》にさしかかり、窓越しに姉妹の目が合った。セアラは涙に潤んだ目をしばたたきながら皺くちゃの手を唇に運び、押しつけると、ぱっとカレンに投げキスを送った。

カレンはにっこり笑いながら、手を伸ばしてそれを受け止めた。拳《こぶし》の中にしっかりおさめ、胸もとに運ぶうちに、車は老夫婦を後にした。

＊本書は、2004年2月にMIRA文庫より刊行された
『フラッシュバック』の新装版です。

mira™

フラッシュバック

2025年3月15日発行　第1刷

著　者　テリー・ヘリントン
訳　者　進藤《しんどう》あつ子《こ》
発行人　鈴木幸辰
発行所　株式会社ハーパーコリンズ・ジャパン
東京都千代田区大手町1-5-1
04-2951-2000（注文）
0570-008091（読者サービス係）
印刷・製本　中央精版印刷株式会社

定価はカバーに表示してあります。

ISBN978-4-596-72754-1